사차원 공간

김영길 제2시집

QR 코드 | 스마트폰으로 QR 코드를 스캔하면
시낭송을 감상할 수 있습니다.

제목 : 보초병이 모자란다.
시낭송 : 박순애

시사랑음악사랑

제 2 시집 출간을 하면서

우리 인간과 생물과 모든 식물 그리고 광물 공기 바람 산소 물 모든 것은 조물주님으로부터 천륜 적으로 연결되어 있다. 이것은 바로 조물주 하느님의 작품이기 때문이다. 그런데 공기 바람과 산소 등 자연은 변함없이 영원한데 인간은 100여 년 살면 죽는다는 사실이다.

나는 지금으로부터 30여 년 전 어머님으로 모시던 스승님이신 천도문님이 하신 교훈의 새 말씀이 귀에서 항상 잊을 수 없다. 그 귀하신 분은 여자의 어린 나이 7세 때 독실한 기독교 집안에서 자랄 때 부모님 따라 교회 가면 목사가 하느님 아들딸 선악과를 뱀에 꼬여 먹고 죄를 졌다고 하면 그럴 리가 있느냐고 반문하셨다 한다.

그런 말을 듣고 어린 나이에 밝은 달을 바라보며 너만은 알겠지 하느님의 아들딸님이 죄가 없다는 것을 하면서 나이가 들수록 그럴 리가 없다는 생각을 갖고 자연을 보면서 공부하기 시작하셨다고 한다.

자연은 조물주의 원인의 공로가 결과로 나타난 결과이기 때문에 나타난 결과를 보아 자연은 순수하고 소박하고 순박한 변함없는 진리 속에 해와 달이 주고받아 땅을 해가 주관하여 이 땅에 빛으로 만물을 소생시켜 모든 곡식과 과일에 고체의 진미를 듬뿍 넣어주며 달은 물을 주관하며 한 치의 오차도 없이 오고 가는 자연의 이치를 볼 때 하느님 아들딸이 그분의 유전자를 닮아 탄생한 분이 죄를 지을 리가 없다는 사실을 자연을 보고 절대로 그럴 리가 없다는 자연의 진실의 결백을 보아 하물며 그분들이 엄청난 귀하신 분들이 죄와는 아무 상관이 없다는 사실을 확신하게 되었다고 하시었습니다.

부전자전 모전여전 부모를 닮아 탄생하는 이 세상도 천륜의 순리가 그러하거늘 천지를 창조하신 분의 아들딸은 천지를 창조하실 수 있는 능력과 권능과 조화를 가지고 탄생했는데 무엇이 아쉬워 죄는 왜? 져 기가 막힐 어처구니없는 일이라는 사실을 스스로 발견하게 되었답니다.

밤이면 밤마다 산으로 바위에 기도 단을 만들어 놓고 수십 년 정성을 다한 영광으로 1970년 1월 21일 음력으로 아침 7시 30분에 하느님 두 분 부부와 아들딸 부부와 4분을 사불님이라 부르는데 네 분의 강림을 맞이하게 되었습니다.
이 지상에는 전무후무한 이 세상 두 번 다시 있을 수 없는 처음이자 마지막으로 진실 된 마음으로 아무 바라는 것 없이 당신 아들딸 죄 없다고 발견하신 자가 역사 이래 한 사람도 없었으니 이것은 하느님께서 기적이요. 신기록이라고 말씀해 주시었습니다.
원래는 이 땅에 나타났던 선지자들이 하느님 아들딸 무고함을 발견하고 천륜을 찾아야 하는데 그런 생각을 자연을 이치를 보고 찾아주기를 기대하였으나 소문만 역사 속에 요란하였지 하느님과는 아무런 상관이 없는 생애를 살다 비극으로 마치고 선지자들이 죽어갔다는 것은 숨길 수 없는 사실입니다.

1980년 초부터 직접 하느님이 천도문님의 몸에 실려 진리의 말씀을 주시기 시작하여 귀한 이 세상없는 말씀을 남겨놓고 1992년 고희 7순의 앞을 보시기 전에 하늘나라로 가시게 됨으로써 그 말씀을 이 세상에 전할 사명은 후손과 제자들에게 항상 숙제로 남아 실천하지 못함을 그분께 죄송한 마음을 가지고 살아왔습니다.

하느님은 조화 체요 무한한 능력자기 때문에 아무것도 없을 때 무에서 유를 창조해 내신 분이요 처음 전 때 정신에 요소와, 마음에 요소와, 음양에 요소와, 생명에 요소와, 힘의 요소를 처음부터 지니고 가지고 계셨기 때문에 무엇이든지 이루실 수 있는 분이기 때문에 인간도 공간을 이용하여 쓰기 위하여 아름다운 여건을 만드는 것과 같이 하느님은 지구와 구름 나라 천지락 지하성 4차원 4개 공간을 만들어 지금 3차원 하늘 공간은 하느님 직계 후손들이 차고 넘치도록 자유롭고 행복한 삶이 진행되지만,

지구 1차원은 하늘에 종의 신분으로 하느님 가족을 모시고 받들어야 할 천사 장 부부가 이 지구가 가장 아름답고 좋은 공간을 탐내고 본래 주인은 하느님 셋째 아들딸 부부 여호화 하늘 새님과 천도 화님이 오시게 되어 있는 것을 알면서도 주인이 오기 전에 주인 것을 탐내고 욕심냈으니 이것이 원죄와 타락 죄를 저질렀고 하늘나라에서 앞서 하느님의 결혼 축복의 승낙도 없이 자기들끼리 수 억 년 4, 5 별성이라는 곳에서 한 세대 동안 아들딸 들을 낳고 지구에 내려와 종의 신분으로 자기도 지구의 주인의 왕의 자리를 욕심내고 내려왔으나 이 땅에 내려올 때 하느님이 구슬로 한 번 술을 부리니 옥황 용녀는 외모가 괴물 비슷한 모습으로 변한 것은 그의 나쁜 속마음을 겉으로 표현된 현상입니다.

하늘나라는 생명선이 3차원 공간이 12선이 오고 가는 일과 월과 해가 돌아가는데 죄인들이 지구에 오니까 하느님께서 지구에 설치된 생명선을 7선을 거두어 5선이 돌아가고 오고 있으니 지구도 그것을 잘 알고 있는지라 통곡의 소리를 내며 돌아가고 있지만 인간은 미개하여 느낄 수 없습니다.

옥황이 용녀가 이 땅에 내려와 보니 하느님이 태양도 150년 동안 거두어 침침한 곳에서 너무나 고생하여 하느님 아들딸님이 오셔서 자식같이 키운 정이 있어서 태양을 주셨다는 사실입니다. 그러나 용녀는 이 땅에서 괴물 같은 아이를 낳았는데 그 아이와 항상 벽산에 올라 항상 하느님께 잘못했다는 기도 단을 8년 동안 드려 회개하여 괴물 아이와 용녀는 하느님 자녀분들이 하늘로 데리고 갔기 때문에 이제 남자 옥황이만 혼자 남아서 이 지구에서 왕 노릇하고자 욕심을 부리고 끝까지 배신을 하고 그에 앞서 하늘에서 옥황이가 난 큰아들이 색녹 별인데 내려올 때 내가 가서 하느님께 잘못하여 만약에 죽게 되면 네가 옥황상제라는 명예를 줄 테니 지상을 통치하라고 하고 왔기 때문에 얼마나 하느님의 뜻에 거역하였다는 것을 짐작할 수 있습니다.

그러나 이 지구의 비참한 역사가 벌어지게 되었습니다. 옥황 이는 혼자 홀아비로 살다가 동굴에서도 자고 비참한 생활을 하면서도 지구의 동물의 왕 노릇하며 비상한 재주를 부리고 얼마나 배짱이 크면 이 큰 지구를 가지겠다고 욕심을 낸 것인가 상상할 수 있습니다만, 결국 고릴라 암컷과 결합하여 자손을 낳으니 자손들이 볼 때 아버지 옥황 이는 아주 훌륭한 인물이고 자기 어머니 고릴라는 바보 같으니 그것이 오직 했겠는가? 사람인 천사 장 신성과 동물이 결합하니 처음에는 동물도 아니요 사람도 아닌 괴물 같은 이상한 인간이 된 것이 오늘날 우리들이 그들의 후손이라는 사실을 알게 될 때, 이것이 하느님의 비극이요, 인간에게는 비참한 역사가 오늘 이 시간까지 옥황상제의 악의 축들이 지상을 조정하기 때문에 싸움과 전쟁과 서로 죽이고 살벌한 역사만 전개되어 오고 있습니다.

이것들을 선지자들이 발견하여 하느님의 아들딸님의 무고함을 발견해 주기를 후손 중에 그렇게도 기다렸는데 아무도 못한 것을 천도 문님이 발견하여 그들이 죄를 짓고 하느님 아들딸에게 뒤집어씌운 옥황 이와 그의 아들 하늘에 사는 악별 성 생녹별을 천도 문님이 불러 자연을 보라 그분들이 죄를 졌겠는가? 자연의 순리로 추궁하여 죄의 자백을 받아내어 그 후손이 하느님 맺힌 한을 풀어드렸으니 한이 풀리게 되어 하느님 이름이 천도문체인데 오직 귀하신 분이면 그분의 이름을 하늘의 문을 여신 분이라 하여 천도문이라고 이름을 내리셨겠습니까?

지금 하늘나라에서는 정신과 마음이 가게 되면 육체는 하늘의 생불 체에서 하늘의 환경에 맞게 재탄생하시기 때문에 하느님 가족과 그분의 천도 문님 공로가 너무나 커 하늘에 공로 탑이 영원히 세워져 3차원 공간에 반짝일 것입니다.
이 지구는 주인의 품으로 돌아가려면 재창조의 역사가 이루어져야 하기 때문에 100여 년이 될지 하느님 하시는 일을 인간은 모르지만 언젠가는 본연의 옛 동산으로 만들기 위해서는 마그마의 불물과 해와 광선의 빛으로 천지를 뒤집는 재창조 대역사가 펼쳐질 날이 돌아온다는 것은 이미 해외로부터 사막이 점점 확장되어 오고 있고, 곳곳에 지진이 터지고 빙하가 녹고, 하는 것을 보면 아무리 미련하고 미개하고 무지하고 몽매하다 할지라도 운세 따라 사람들의 마음에 느낌이 있으련만 너무나 생각 없이 사는 사람은 아무 생각 없이 세월만 지나다 죽어가는 인생이 될지도 모르겠습니다.

그리하여 필자는 이번에는 하느님의 생애에 대한 천지창조의 천륜의 천연의 천정을 기본으로 그분이 남기고 간 말씀을 시를 빌려 많이 쓰고자 합니다.

그것은 바로 우리의 삶의 생명과 천륜의 천정이기 때문입니다. 평범한 시를 쓰려고 생각하였으나 그런 내용은 너무나 일반적인 소소한 생활상들의 얘기지만 천도 문님께서 발견하신 천지창조와 하느님의 생애는 이 땅에 없는 말씀이기 때문에 세상 사람들이 생소하지만 진실이기 때문에 먼저 알게 된 사람으로서 알려 주어야 할 사명과 책임이 있음을 느끼면서 색다른 신기한 내용이 될 것으로 믿습니다.

출판사 인터넷을 통하여 세계 어느 곳에서도 살 수 있는 이 책이 출판됨으로써 어지러운 세상에 밝은 광명의 새 희망의 인류의 횃불과 같은 광명의 불빛이 비치는 날이 빨리 돌아오기를 희망하면서 독자 여러분의 이해와 새로운 시의 참다운 진리의 영원한 길잡이가 되고 새로운 하늘의 산 역사를 찾아 우리의 천륜의 근본의 원인을 찾을 수 있는 좋은 기회가 되기를 빌겠습니다.

수 억 년 역사에 나타나신 새 말씀 산 역사의 하늘의 살아 있는 생동감의 생명력을 소개함을 영광스럽게 생각하면서 앞으로 많은 지도와 애정으로 관심을 부탁드립니다.

시인 김영길

목차

목차

목차

목차

목차

목차

목차

조물주 천륜을 찾아서
1 - 가족

가족 사항은 하느님은 이러하시다.
하느님도 두 분 부부로 계신다.
천도 문체님은 남자분이시고
천도문도님은 여자분이시다

하느님 아들딸 쌍태로 8 남매 탄생하셨다

첫째 아들은 참 아버님
　　　딸은 참 어머님

둘째 아들은 천도성님
　　　딸은 천왕성님

셋째 아들은 여호화 하늘 새님
　　　딸은 천도화님

넷째 아들은 천왕화님
　　　딸은 천문화님

직속 직계는 하느님 부부와 8남매
열 식구요 수 억 년 그 후손이
공간마다 번창하셨다.

조물주 천륜을 찾아서
2 - 사차원 공간 창조

1 차원 공간은 천지락이요
하느님 부부와 큰 아들딸
그 후손들을 모시는 천사 장
부부가 사시는 궁궐 공간이다.

2 차원 공간은 구름 나라로
관광지 같은 자녀들 축복성도
있고 구름 모양의 아름다운
차원관이다.

3 차원 공간은 지하 성나라
후손들이 많이 번창한 아주
자동의 힘으로 아름다운 나라다.

4 차원 공간은 지구 나라인데
하느님 셋째 아들딸 공간을
주인이 오기 전, 종이 먼저와
탐내고 차지하고 현재 그의
후손들이 사는 인간 세상이다.

조물주 천륜을 찾아서
3 - 인간의 기준 부르는 명칭

조물주 이름은 천도 문체님
하느님입니다 그러나 인간은
조부님(남) 조모님(여)이라고
부르시라 하셨다

첫째 아들은 참 아버님
        딸은 참 어머님

둘째 아들은 천도성 아버님
        딸은 천왕성 어머님

셋째 아들은 여호화 하늘 새 아버님
        딸은 천도화 어머님
    이분들이 지구에 재창조 후 오실
    지구의 주인이시다.

넷째 아들은 천왕화 아버님
        딸은 천문화 어머님이라고 부른다.

조물주 천륜을 찾아서
4 - 천살로 계시다.

아무것도 없을 때 천살로 계셨다
천살은 아주 맑고 깨끗한 결정체
핵심의 진가로 계셨다.

몸체는 없으실 때 암기의 정신의
요소와 마음에 요소 음양의 요소
생명의 요소 힘의 요소를 지니고
가지고 계셨다.

음양이라는 조화의 요소가 무한정하여
조화체가 되시어 무엇이든지 이룰 수
있는 능력과 권능을 베풀 수 있었다.

미래의 이룰 꿈을 설계하시고
구성하고 구상하고 조화 체의 두 분이
일심 일치로 피골이 상집토록 노력하셨다.

천살 : 아주 맑고 깨끗한 결정체를 말함

18

조물주 천륜을 찾아서
5 - 무에서 유를 창조

능력만 가지고 있으면 무엇 하시겠나?
조화기 때문에 정신 일도를 하시어
몰두 속에서 탐구하고 발견하고 관찰하고
정신과 마음이 뭉쳐 일심 일치를 이루셨다.

몸체는 없어도 조화체기 때문에
정서로 뭉쳐 계시고, 정지 정돈된 통계의
자유가 당신들 광명 같은 시선이
눈을 떴을 때 수정체가 무한정한 동공이었다.

당신 몸체를 탄생시킬 조화 체가 둥글게
원을 이루어 원 속에 갖가지 조화를
저장하고 놀라운 장관을 이루었더라.

창설을 해 놓으셨지만 눈에 보이지 않고
만져 쥐지도 않지만 조화의 획기적인
요소가 함축되어 천지 창조를 준비해
터전과 토대를 이루어 놓으셨다.

조물주 천륜을 찾아서
6 - 처음 전 때

생각할 때가 있으셨고 생각하니
생각을 내시어 공간을 이룰 재료
준비를 조목조목 준비하여 생조에
저장하시었다.

이때 유전공학을 이루어서 생태기와
생태계를 이루어 태반 태독 원태도를
이루어 생태계는 원료를 이루니

과학을 이루어 행이란 곳에
과학을 저장하였다.

조화 체의 생에서 과학이 나왔고
과학은 힘을 가지고서 전진 자유하고
동화작용 일치하여 생성하였다.

*생조 : 재료 만들어 저장하는 곳
*행 : 무형의 과학의 근원

조물주 천륜을 찾아서
7 - 조화의 원을 이루시다.

조화로 이루실 때 두 분이
일심 일치로 서로 원동력이 되셨다.

조부님은 원의 형태를 이루시고
사진문도를 세우시고 조화로
응시하여 밑에는 4진 문도를
뿌리에 모두 물려 있게 하셨다.

조모님은 조화의 원을 이루시고
4해 4문을 이루시고 4해 8방
동서남북을 세우시고 그 자리에
조화의 생판으로 두 번째 원에다가
4해 4문을 이루셨다.

조부님은 4진 문도에 기둥을 다지시고
그 기둥의 뿌리는 전부 정기가 흐르고
돌아 생동감이 끓어 넘쳤다.

조모님은 조부님이 이루신 것을 원으로
감싸고 기둥에 각에 수를 놓으시고 수에서
색채가 생동감이 끓어 넘쳐 동화작용
일치로 조화의 정기가 무한정하였다.

조물주 천륜을 찾아서
8 - 근원근도 원 파에서 탄생

다섯 가지 핵심의 진가를
정신의 요소
마음의 요소
음양의 요소
생명의 요소
힘의 요소를 지니고 가지고 계셨다.

근원근도 원 파에서 태반태도 원 태도를
지니고 조화를 부릴 수 있는 분이시기
때문에 생과 조화의 자재 원도가 분명한

천살로써 천살 파 근원근도 원 파로
하느님 두 분이 천도문체 최초 때
생 생문 실존님으로 몸체를 지니고
가지고 탄생한 날이 첫째 날이다.
바로 하느님 탄생한 날이다.

조물주 천륜을 찾아서
9 – 하느님 아들딸 탄생 날

천살의 유전자에서 천살도와
천살의 결백에서 핵심을 뽑아
이루시고 결정체가 천살이다.

그때 명예는 신선심불로 인데
티 없이 맑고 깨끗하고 신출
기몰하고 무지 신비로 천살파로
나타나신 광경이 무쌍한 지라.

모든 것을 조화로써 이루어 놓으시고
하느님의 빈설 같은 신설 같은
결백의 조화 체의 유전자 속에서
하느님의 큰 아들딸이 부모의

모든 요소와 조화를 닮아 태어난
날이 둘째 날이다.

그런데 흙으로 사람을 만들었다고
흙은 화학에서 나온 물질이다.
천륜을 모르는 기막힌 일이다.

조물주 천륜을 찾아서
10 - 천지 창조 발사

하느님이 모든 재료를 만들어 생조의
재료 창고에 보관된 원료들이 살아
움직이는 광경이 폭발 확산되고
살아 생동하는 광경이 살아있는 생동감이
끓어 넘쳐 그 힘이 엄청난 위력이었다.

4차원 공간을 불덩이를 발사하여
천지창조를 하실 때 얼마나 사랑하시면
아들딸을 양손에서 땅에 놓지 아니하시고
천지를 발사하고 식기를 기다리며
어화 둥둥 내 사랑아 기뻐
어쩔 줄 몰라 하셨다.

아들딸이 내 아버님 하시는 일을
돕고자 하여도 아들딸을 생각하는
고귀함의 사랑이 한없는지라
손수 하시려고 하셨다.

이때부터 하느님 두 분과 아들딸이
천지 창조에 전심전력을 다 쏟아
이루신 것이 사차원 공간이다

조물주 천륜을 찾아서
11 - 함축

하느님 조화가 무궁무진하고
무소부지하여 처음에 아무것도
없을 때 조화체로 함축으로 핵심에
진가 중에 핵심을 지니고 가지고 계셨다.

몸체를 이루시기 위해 자리를 잡으실 때
생생 생문 조화의 원을 당신들 광명의
시선이 모자라도록 크게 잡으셨다.

이 둥근 원을 둥글게 자리를 정해
창설해 내셨다. 이 둥근 원이
진공이다 이런 말씀이다.

나는 나를 알았기 때문에 이 말은
함축 속에 미래의 꿈이 확고하고
목적과 목적관이 완벽하고 불변 불로
되어 있어 4차원 공간의 궁극의 목적이
내 뜻이기 때문에 공간을 이용해서
후손들과 쓰기 위한 작전의 전술이다.

조물주 천륜을 찾아서
12 – 천사 남매 탄생 (종의 신분)

조물주 하느님은 아들딸을 쌍태로
탄생한 뒤 상의하여 우리를 모시고
받들 수 있는 천사 장 남매를 빛 공
투명 입체 공안에 생불 체 유전자로
생명을 점지하셨다.

하느님과 큰 아들딸 (참 부모님)은
생명의 작은 유전자가 크는 모습을
자기 자식보다 더 사랑하며 들여다
보시며 기뻐하셨다.

머리의 형체가 생동하고 성장해 가는
모습을 보며, 기쁨과 신비로움에 생명의
귀함을 종의 탄생 과정을 관찰하셨다.

유전자를 점지하니 전진하고 전진하니
성장되어 투명 입체 공간 안에서 공이
짝 벌어지면서 천사 장 남매가 탄생하니
그들이 앞으로 하느님 아들딸을
모실 분들이었다.

조물주 천륜을 찾아서
13 - 천사 장의 성장기

어린 천사 남매는 하느님 큰 아들 따님이
자기 자식처럼 쥐면 깨질 새라 불면
날아갈 새라 애지중지 하시며 천사
두 남매는 큰 아들딸을 아버님
어머님이라 부르며 성장하였다.

천사 남매는 하느님께는 조부님 조모님
이라 부르며 항상 기쁜 가정의 화목이
돌고 돌아 사랑의 온기가 감도는
무한함이 흘러넘쳤다.

참 부모님 (하느님 큰 아들딸)은 자기
자식보다 더 큰 사랑을 주며 친자식처럼
생각하니 누가 주인이고 종의 신분인지
구분할 수가 없이 하느님도 아들딸님도
차별 없는 사랑을 해주셨다.

조물주 천륜을 찾아서
14 - 사랑의 감소 감을 느껴

천사 장 남매는 하느님도 친자식과
똑같이 사랑의 정을 주고 길렀지만
천사 장 남매는 자기는 종의 신분이라

사랑의 차별의 소외감을 느끼고 오해하고
사실은 그것이 아닌데 오해를 자기 스스로
불러일으켰다. 이제 성장하여 어른이 되고

자기도 주인이 되고 싶은 생각이 싹터서
이때부터 탐내고 욕심내는 나쁜 생각을 하고
종의 신분을 망각하고 주인과 종은 분명히
구분되는 것을 스스로 잊고

죄를 불러일으켜 욕새별과 사오별이라는
지역에서 하느님의 허락도 없이 천사 장
남매는 부부로 결합하여 많은 자손을 낳아
한 세대를 번창 시켰다.

조물주 천륜을 찾아서
15 - 산천도 울었다.

천사 장 남매가 하느님과 참 부모님을
배신하고 원죄를 짓고 욕새별에서
죄를 번창시켜 종의 신분으로
하느님과 참 부모님을 원망하며

자기 자식들에게 나쁜 사상을
심어주니 나무들도 짐승들도
천사 남매를 향하여 원망의 살기가
솟구치는 현상이 되었다.

그러나 그는 어떻게 해서라도 나도
주인이 되어 왕 노릇을 하고 싶은
생각에 하늘에서는 제도가 엄격하여
할 공간이 없으니까

하느님 셋째 아들딸이 주인으로 올
지구를 먼저 차지하고자 울면서
참 부모님께 간청하니 하느님께
그렇게 원하는데 보내주자고 하여
옥황 용녀가 지상에 오게 되었다.

조물주 천륜을 찾아서
16 - 지구에 옥황이 용녀 내려오다.

하느님의 반대 속에 허락받아 참 부모님은
천사 장 옥황 이와 용녀가 지상에 왔건만
하느님께서는 후회하고 돌아오기를 바라는
마음으로 태양을 거두었다.

그것을 안 용녀는 후회를 하고 벽산 절벽에
8년 동안 잘못 했다고 기도 단을 쌓아
회계하며 매일 자기 어머니 기도 소리 듣고
같이 기도한 어린아이와 용녀는 참 부모님이
하늘도 데려갔다.

하느님이 150년 동안 태양을 거둬서 캄캄한
밤에서 지내는 것이 불쌍하여 참 부모님께서
태양을 다시 주어 살게 되었다.
그러나 그는 지상의 왕 노릇 주인이 되고 싶은
마음이 옥황 이는 변함없어 혼자만 지구에 남았다.

조물주 천륜을 찾아서
17 - 지상의 옥황이 고릴라와의 결합

용녀와 아이는 회개하고 하늘로 갔고
옥황 이는 혼자 동물의 왕국에서 진짜
왕 노릇하며 동굴에서도 잠자고 비참한
생활이 시작된 것이다.

하늘나라에서 하느님 허락 없이 결혼하여
후손을 번식함은 원죄요, 이 땅에 내려
고릴라와 결합으로 부부가 됨은 타락 죄다.

사람과 고릴라와 결합하여 자식을 낳으니
사람도 아니고 동물도 아닌 야릇한 형태의
이상한 괴물이 탄생된 후손이 오늘날 우리

인간이라는 사실을 지금도 얼굴에 고릴라의
형태가 남아있음을 느낄 수 있고 그래서
인간 피는 붉은 피가 흐르고 있다
하늘 사람은 전류가 흐르는데 그것이 다르다.

조물주 천륜을 찾아서
18 - 옥황으로부터 죽은 역사다.

옥황 이가 이 땅에서 고릴라와 타락으로
인간이 죽는 역사가 생겨났다.

하늘의 3차원 공간은 사람들이 죽는 것이
없다. 오래될수록 더 젊어진다.

처음 하느님이 죽을 사람을 무엇 하러
탄생 시키겠는가? 하늘은 불변이다.
수억 년 넘은 하느님과 그 후손들 항상
젊은 그대로이다.

먹지 않아도 살고, 코로 운감으로 살던
시대가 옥황이의 타락으로 이때부터
먹어야 사는 시대가 되었다.

옥황이의 한 사람 잘못으로 엄청난 일이
벌어진 사실을 모르고 살고 있다.

조물주 천륜을 찾아서
19 – 연대 죄

옥황 이는 고릴라와 결합 후 980여 년
살다가 결국 화병으로 죽었으니 그 또한
죽은 역사 시조가 되었다.

인간은 옥황이의 후손이라서 모두 연대 죄의
타락의 죄를 가지고 그 성품을 닮아 욕심내고
탐내고 나쁜 것을 다 가지고 태어났다.

원래의 원위치로 돌아가려면 그 후손 중에
이러한 사실을 발견하여 하느님 아들딸 죄
없다는 것을 밝혀야 한다.

죄는 옥황 이가 다 저질러 놓고 하느님 아들딸이
졌다고 경전에 기록해 놓았으니 누가 그걸 발견한
사람이 없어 하느님 비극의 역사가 풀리지 않았다.

사대 성현도 이러한 사실을 발견하지 못하였다.
그런데 천도 문님이 발견함은 신기록이다.

조물주 천륜을 찾아서

20 - 옥황상제의 명을 주고 왔다.

옥황 이는 지구에 가면 벌 받아 죽을 것을
예상하여 생녹 별이 하늘에서 난 큰아들인데
내가 지구에서 죽으면 상제의 명을 줄 테니
지상을 오르내리며 인간들 마음을 정치하라고
명하고 내려왔다.

그래서 옥황상제 그 무리들이 인간의 마음을
조정하여 이 세상은 서로 죽이고 쏘고 속이고
탐내고 욕심내고 타락의 어지러운 악한 본성을
닮은 인간들이 사는 세상이다.

하느님과 참 부모님을 배신하고 그 죄를 뒤집어
씌운 것을 파헤쳐야 맺힌 매듭이 풀리어야
될 것이 아닌가?

인간들의 마음을 조정하여 악에 축의 무리들을
동원하여 하늘을 대적하는 무리들의 정체를
밝혀 심판대에 올려놓아야 풀릴 것이다.

조물주 천륜을 찾아서
21 – 악별 성의 죄의 주동자를 굴복시키다.

지상에서 처음이자 마지막으로 1970년 음력
1월 21일 아침 7시 30분 하느님 두 분과 큰 아들딸
두 분 (사불님 네 분 약칭)이 천도 문님과의
천륜의 천정이 통하여서 처음이자 마지막으로

지상에 강림하셔 천주의 새 말씀의 하느님 생애의
공로의 역사를 천도문님의 몸에 실려 말씀으로
주시고 1980년부터 12년간은 학문으로 말씀을

지상에 선포하라고 하시고 그분은 가셨지만
선지자가 왔을 때마다 전에 믿던 습성과 거기에
매몰되어 한 발짝 전진 못하니 들을 자가
몇 사람이 되겠느냐? 걱정하셨다.

복음의 교훈을 가지고 왔을 때도 율법에 매여
멸시를 당하고 후회의 역사가 있었다는 교훈을
되새겨 볼 일이다. 천도문님은 자연을 보고
하느님 아들딸이 죄가 없다고

결론 내리고 생 녹별 죄인을 굴복시켜 하느님이
심판 후 하느님과 그 아들딸님의 강림의 역사적
결실을 보게 되었으니 하늘에서는 의인이라 하신다.
하늘에 공든 탑이 세워져 반짝이고 있을 것입니다.

힘

힘은 보이지도 않고 중량은 없지만
가볍고 무한정 하고 생명은 힘을
가지고 있다.

정신은 마음을 가지고 있고 여기에서
음양이 튀어나와 음양의 요소가 있어야
쾌락도 즐기고 무한정하게 전진할 수 있다.

천지간 만물지중이 음양 지 이치로 산다는 것을
항상 잊지 말아야 할 것 같다.

힘은 생명은 없지만 살아 존재한다. 줄줄이 줄을 잇고
쌍쌍이 쌍을 지어 지구 덩어리 같은데 붙어
음양소를 지니고 웅대한 소리를 내니까?
폭설 하는 데에서는 갖가지 물체가 나오는 것이다.

은하계든지 태양이든지 중력의 힘이든지
생동체는 생명은 없지만 활기차고
스릴 있고 슬기롭게 완벽하게 결백성을 띄우고
체계 조리로 이루어져 있음을 알 수 있다.

겨울나무 꽃

겨울나무들이 꽃을 피웠네!
어느덧 단풍잎이 떨어지고
벌거벗은 나무들이 나체로 있는
모습이 외롭게 보이더니

하늘에서 첫 눈이 내리던 날
하얀 옷을 입고 가지마다 눈꽃을 피었네
혼자 사는 세상은 외롭고 쓸쓸하다.

하늘에 떠돌던 수정기가 북반부의
찬바람에 흰 눈으로 변하여 거기에
바람친구가 동행하여 겨울나무에
내려 앉아 눈꽃으로 변하였네!

겨울 산 겨울나무도 눈과 만나면
하얀 눈꽃을 필 수 있으니 어느새
하얀 단체복으로 갈아입은 것 같구나.

우리 인간들의 마음도 너희 눈꽃처럼
깨끗한 마음이 되어 눈꽃을 피울 수
있으면 좋을 것 같은데 우리는 움직이는
생명체라서 할 수가 없구나.

부럽다 나무야!

송전탑

앞산 산봉우리에 높은 송전탑이
고압의 전기를 이동시켜 주느라
하늘 높이 서 있다. 비가 오나
눈이 오나 변함없이 산봉우리를
지키며 전기를 나르고 있으리라.

동해 바닷가 원전에서 생산한
전기가 송전 통로의 선을 따라
이곳까지 왔으리라. 인간과 거리가
멀리 떨어져 있음은 사람을
보호하기 위해서 자기들이
선택한 자리일 것이다.

그 많은 고압의 힘이 변전소를 거쳐
가르고 쪼개고 나누어 분리하고 분리하여
사람들의 보금자리인 가정에 도착하여
겨울에는 난방을 해주고

여름에는 냉방의 원동력이 되는 송전탑아
전기도 길이 없으면 통행할 수 없는데
송전탑의 고속도로가 있어 빠르게 공급됨을
느낄 수 있구나!

대통령의 장례식

기계도 오래 쓰면 고장이 나면 수리해 수명을
연장하고 수리해도 수리비용과 사용가치를
비교하여 그 가치가 없으면 폐기 처분된다.
인간은 생명이 존재하고 생명이 있는 곳에
힘이 있어 생명력을 발휘하며 살아간다.

육체의 기계는 수명이 있는 듯, 연식이 높아 갈수록
고장이 나고 병원에 가서 수리를 하고 기계처럼
사용하다가 너무 연식이 누적되어 낡으면 수리가
불가능하여 심장이 멈추게 된다.

구순의 생을 마감하고 떠나는 대통령의 장례식을
바라보며 미래의 우리들도 남은 세월이 머지않음을
느낄 때 인간은 누구나 가야 할 길을 면할 수 없는

상황의 인생길이라는 느낌을 생각할 때 살아온
과거가 필름처럼 돌아가며 회상해보게 된다.
우리도 그날이 언젠가 올 것인데 죽음의 압박은
기분은 썩 상쾌하지 않은 것 같다.

눈보라

하얀 벚꽃 잎이 높은 하늘에서
바람 친구와 동행하여 춤을 추며
내리는 듯한 하얀 눈이 내린다.

온 천지가 하얀 천으로 덮어 놓은 듯
눈부시어 눈을 뜨지 못할 정도로
백옥 같은 세상으로 변한 것 같다.

강아지도 좋아서 꼬리를 치며
자기가 간 발자국을 뒤돌아보며
신기한 듯 가다 멈추다를 반복한다.

동네 아이들도 자기들 세상을 만난 듯
눈 뭉치를 한 움큼 쥐고 눈싸움을 벌이며
얼굴과 목에 눈 뭉치를 맞아 옷이 젖어 있어도
마냥 즐거운 모양이다.

가로수 나무들도 눈과 만나서 눈 꽃나무로
변하였고 앙상한 나무 가지만 서있던 뒷동산에도
하얀 옷을 입고 아름다운 겨울의 설경의 광채를
자랑하고 있구나!

아! 사람들의 마음도 하얗게 투명하고 진실한
깨끗한 세계가 된다면 참 좋을 것 같다.

분수를 알자

사람들은 자칭 인간이 조물주님
아들딸이라 자랑을 한다.
이리 보아도 저리 살펴보아도
아닌 듯싶다.

천지간 만물지중은 불변의 철학으로
영원한데 또한 진실하고 순리 정연하건만
인간은 거짓과 위선으로 내놓을 가치가
없는 것 같다.

우리가 복슬강아지를 키우면서 짐승이지만
잘 따르면 예뻐하듯이

조물주님의 눈은 동공의 광명이 현미경 몇 억만 배
밝고 맑은 광명이실 것인데 인간은 머리부터 발끝까지
균으로 뭉쳐 오물 오물거리는데 뭐가 그리 예뻐하시겠는가?
그 수준으로 생각을 하시리라.

그 분의 위치가 있지 이렇게 진실치 못한
조석으로 마음이 변하는 인간을 아들딸로
둘리도 없고 그럴 자격도 인간은 갖추지 못한
불완전한 야생성을 닮은 고등 동물에 속한
인간의 모습같이 보이리라.

음양의 조화

정신과 마음이 일치가 되고
생명과 힘이 주고받음으로써
음양의 조화가 무궁 무지하다.

생동체에도 나사도 음양으로
되어있고 근원을 닮은 원인이
변치 못할 것이 원인을 닮은 결과가
완벽하고 결론이 분명하다.

이 공간에 있는 생물체 하나하나를
살펴보아도 모든 것이 음양의
조화로써 점지하니 전진하고
확정되고 확장되고 확대 진문이
스릴 있고 평청 평창을 이루어
번성 되어 무한하게 상대 조성할 수
있는 것이 음양의 조화이다.

모든 만물의 근원의 사랑의 힘은
음양의 조화가 없으면 즐거움의
쾌락과 평화와 화평이 존재할 수
없음을 다시 한 번 느껴야 할 것 같다.

눈을 찢는 바람

조물주님은 천지간 만물지중을
바람으로 다스리신다.
바람으로 공기도 이동하고
산소도 공급되어 생명이 유지됨을
참으로 고마움을 느껴본다.

봄에 부는 바람은 인간들 옷 속까지
스며드는 침 바람이 불어오는데
그 침투하는 바람으로 식물의 새싹의
눈을 찢어 놓고 나뭇잎의 눈을 찢어놓아

병아리가 알에서 깨어 나올 수 있도록 하는 것처럼
바람으로 눈을 찢는 침 바람의 힘으로
새싹이 나올 수 있게 해 주심을 식물들은
고마움을 느끼며 살 수 있을 것이리라.

자연의 순리의 진실의 섭리가 바람이 같이 하니
고맙고 공기와 산소를 마심으로써
생명의 유지가 연속 지속됨을 어찌
감사히 생각지 않을 수 있으랴?

늘 바람이 찾아와 내 피부를 건드리니
너무 고맙고 감사하고 좋은 것뿐이다.

자연

하늘과 땅이 일심 일치를 이루었을 때
공의 공급을 무한히 받고 공기와 바람의
흐르는 전류와 전력이 무한정하게 확정된
자리에서 확장되어 나가고 평청 평창에
무한정한 모든 생물들이 만발하게 피어 있고
희색이 만면하게 되어 있지 않는가?

무지 속에서 미개하게 살아왔지만
사실은 신성하고 아름답고 찬란하지만
그것을 깨우쳐 줄 스승이 없었기 때문에
항상 어둠 속에서 미개하게 살아온 것 같다.

밝음이 있는데도 어둠 속에 산 인간들의
정신이 어둡고 마음이 혼돈되어 있고
항상 좁고 짧은 생각에서 갈 길을
진행치 못하고 항상 발버둥 쳤지 않는가?
생각해 본다.

자연을 보라 어떻게 저절로 왔겠냐고?
지금도 조물주님은 생명선을 인간들에게
바람과 공기에 흐르는 전류와 전력이
흐르고 돌게 함이 무한정한데 이것을
자연이라는 두 글자로 무시해 버렸으니
한심한 일이 아닌가?

공간이 증거 한다

지금 이때는 아무것도 없는 것 같지만
공간이 증거 되어 있고 생명선과 공기 바람
산소니 탄소니 이 모든 힘과 핵이니 빛 광선이니
일력 월력 인력 원력 이런 힘들이 증거 되어 있다.

땅에 핵심의 진가는 생물들을 성장시켜 주시고
인간들은 생명의 젖줄을 빨고 산다는 것이다.

생명이 있음으로써 힘이 있고 생명이 있기 전에
정신과 마음이 있으니 거기에서 모든 것을
분별할 줄 알고 음양의 요소가 있으니 거기에서
모든 쾌락과 즐거움을 느낄 수 있다.

자전의 힘에 의하여 지구가 자동 되어서 율동
회전하고 증발 공전되는 것이 저절로 되겠는가?

자연의 이치와 법칙으로써 기계화로 전부 맺고
끊은 듯이 세부 조직망으로 전류가 흐르고 돈다.

궤도에 모든 힘 폭이든지 힘 막이든지 층과
층면이든지 여기에 바람의 음선과 양선이
수억 천만 가지 넘고 넘는 바람선이 공기 바람의
정기와 전류와 전력이 흐르고 돌고 있는 힘에 의하여
존재한다.

궤도에 모든 힘 폭이든지 힘 막이든지 층과
층면이든지 여기에 바람의 음선과 양선이
수억 천만 가지 넘고 넘는 바람선이 공기 바람의
정기와 전류와 전력이 흐르고 돌고 있는 힘에 의하여
존재한다.

핵심의 진가

빈설선 신설선 같이 맑고 깨끗한 결백의
핵심의 진가는 정신과 마음이요,
따라서 음양의 요소요, 생명과 힘이라.

조물주도 힘을 창조해 냈기 때문에
갖가지 힘으로 가르고 쪼개고 나누어
핵, 광선, 반사, 힘의 반사, 자연 반사, 힘의 방사선
자연의 방사선 태양선과 은하계를 이루어 놓으셨으리라.
그 중에도 찬란한 사랑의 낭만의 쾌락이 주체와 대상인데
이게 바로 핵심의 진가일 것이다.

그로 인하여 모든 힘도 가치를 이룰 수가 있고
가치성이 나타나서
존재할 수 있고
자재할 수 있고
동화 작용할 수 있고
상통 자유할 수 있고
자유 팔방 무한정할 수 있고
술과 술을 펼 수 있고
진과 진을 펼 수 있고
주문과 주문을 외울 수 있고

예와 법도

귀하지 않은 데서는 귀함이 있을 수가 없다.
부모의 교훈을 잘 받은 자야만이 어느 곳에 가든지
예와 법도가 뚜렷하며 상하가 분별되어 어디 가
앉는 법이든지 말하는 법이든지 예의 법도가 완벽하다.

사람도 처음 척 볼 때 저 사람은 부모의 교훈을 잘 배웠구나!
못 배운 집에서 컸구나 이런 것을 사람들끼리 느낄 수 있다.
부모 형제가 가깝게 갖추어 있지만 부모를 떨어져서 살면 고아가
된다.
그러면 자기 멋대로 컸기 때문에 그것이 쌓여서 자기 몸에 배어서
어디 가든지 행동이 어색하게 느껴진다.

그 사람이 아무리 돈을 잘 써도 우습게 생각하기 때문에 사람은
예와 법도가 완벽하여야 할 것 같다. 참된 길은 불변이요 영원하다.

말로만 하고 내용은 없고 속이 없으면 진실의 진리가 없는 것이요
말로만 하면 되는 길이 절대 아니요 실속이 없고 안 된다.
행동으로 옮겨야 만이 그것이 바로 귀함이요
귀한 데서 귀한 것이 광명의 광채가 빛이 날 것이다.

심리 과학

지상의 인간들도 연구하는 사람은 정성과 정신과 마음이
일치되어야 되고, 또한 특이한 사람은 정성이 겸비되어
공부한 사람은 빨리 물리를 얻는다.

정성을 들인다는 것은 정신을 밝게 한다는 뜻이요
마음먹기에 따라 배후에 천운이 돌봐 주실 것이다.
마음을 잘못 먹으면 마귀도 들어올 수도 있고 산신도
잡귀도 애 귀신도 들어올 수 있어 정성을 드릴 때는
첫째 마음이 대담해야 하고 깊고 넓은
생각하는 범위가 커야 할 것 같다.

인간이 책만 배우면 책 속에 내용만 알기 때문에
좁고 짧아 그것만 알아서 더 전진을 못하기 때문에
개구리가 우물 안만 알지 뭍에 나가 뛰면 죽는 것과 같다.
광대 광범한 정신을 준비해서 넓고 넓은 깊은 것을
탐구할 때 넓은 마음에서 초월이 되고 깊은 마음에서
자비 철학이 나오는 것이므로 높은 것을 탐구할 수
있는 귀한 초월자가 될 수 있을 것이다.

한 길 사람의 속은 알 수 없지만 열 길 물속은 알 수가 있다.
이 뜻은 물을 재보니까 알 수 있지만 사람의 속은 한 길
밖에 안 되지만 보이지 않기 때문에 마음 심(心)자
마음을 보지 못 하기 때문에 절대로 모른다.
심리 과학자들이 남의 심령을 꿰뚫어 본다고 하지만
다 알지는 못할 것 같다는 생각이 든다.

영을 앞세워 마음을 꿰뚫어 본다면 심령 과학자가 아니요,
어리석은 것이요 심령 과학자는 자기 정신을 길러서
자기 마음을 준비해서 그것을 꿰뚫어 보아야 만이
진정한 심령 과학자일 것이다. 그렇게 때문에 항상
사람은 누구나 물론하고 남을 함부로 판단하면은
모자란 자요, 어리석은 자요 미개한 자요
무지한 자임을 깨달아야 할 것 같다.

환경의 지배자

조물주의 후손들이 사는 하늘의 공간은 환경의 권위자요
힘의 존재 인이요, 천지간 만물지중을 천연의 자동제어로
조절 조정하여 주시는 그 공간 안에 지상도 속해 있어
인간도 숨을 쉬고 살고 있지만,

이 지구 땅에는 환경의 지배자가 영계에 매여서 사는
인간이기 때문에 어둠 속에서 항상 헤매고 밝고 찬란한
자연의 법칙이 완벽하게 불변되어 있지만 일평생
농사를 짓는 사람도 바람이 분들 이게 비 오는 바람인가
영양을 섭취해 주는 바람인가 약을 쳐 주는 바람인가

그저 심어 놓으면 김이나 매고 어느 정도 여무니까?
뜯어다가 먹고 배설해 놓으니까 그게 썩어서 전부
거름이 되어 균이 발효되어 진화되고

그러나 사람은 아무리 죄를 지었어도 신성의 피가
섞여 있기 때문에 신성의 정신과 마음이 있어 상대
조성을 알고 사실은 자연과 동화 작용을 하는 것이다.

절대 인간이 그렇게 진화로 이루어진 것이 아니다.
그러나 인간은 고릴라의 형상을 못 벗어 사람 생긴
것을 보면 고릴라와 똑같은 게 있는 것 같이 보인다.
그러나 사람이기 때문에 마음도 깊고 넓어야 하고
정신을 맑게 하여 올바른 지혜를 발휘하여야 할 것 같다.

작은 마음이 큰마음을 이룬다.

가장 작은 마음에서 큰마음을 이룰 수 있고
어떠한 일이 일어나도 대범하게 헤쳐 나갈 수 있는
확신이 완벽하게 하였을 때 그 소망이 뚜렷하게 나타나고
어떤 이는 돈은 서천의 구름과 같다 비유를 하지만
잘못된 비유인 것 같다.

구름은 탄탄하면서도 끈기가 있고
반짝반짝하면서도 아주 질기면서도 튼튼하다.
물방울이 수정기가 올라갔지만
공중에서 정기가 닿으면 일어나고 터지고
고기압 저기압이 이동한다고 하지만
이것을 발견한 사람은 없는 듯하다.

구름은 너무나 끈기가 있고 부드러워도 단단하고
윤기가 나고 반짝이고 하나하나에서
서기가 짝 비쳐오고 이것이 구름이다.

사실은 인간의 정신과 마음은 헛들어진 산만한 속에서
구름같이 산다면 얼마나 좋겠는가?
우리 생활에도 돈도 있어야 하지만
몸 단다고 생기는 것도 아니요
돈이란 것은 물거품 같은 존재인 것 같다.

한 해의 마지막 날

부푼 새 희망과 새 소망의 꿈을 품고 2015년 을미년을
출발했던 한 해가 마지막 날을 맞아 해가 서산에 저물어 간다.

계획했던 남은 일들이 겹겹이 쌓여 있지만 세월은 일 분 일 초도
분과 초를 어기기 아니하고 냉정한 결론을 내리듯 개의치 않고
자기 갈 길을 향해 달려간다.

가는 세월 따라 인간은 환경의 지배를 받고 순응 순종하는
자연의 순리에 적응하는 한 길 밖에 선택의 여지가 없는 것 같다.

같은 주어진 환경의 여건 속에서 어떤 이는 보람찬 무한한
영광의 광명에 축복이 넘치는 기쁨도 있지만,

반대로 슬픔과 시련과 고통의 멍에 속에서 허덕이며 헤어나지
못 하니 한숨짓는 환경에서 자기 잘못은 망각한 채 죄 없는
하늘을 향해 원망하는 이도 있을 것 같다.

모든 것은 내 탓이요, 뒤를 돌아보며 새로운 새날을 기약하며
다시 재기하는 용기와 지혜가 이때 필요한 것 아닌가 싶다.

새로운 해운 년을 맞이하자.

하늘의 운세의 해운 년이 돌아오면
존재하는 힘 가운데 존재인이 또 힘을
자유자재하려면 보이지 않는데 어떻게 하겠는가?

하늘의 존재인들은 인간이 못 보는
무형을 갖다가 유형 실체라 한다.

우리는 공기 바람을 못 보지만
하늘 존재인들은 본다는 말이다.
그러니 유형 공기 바람이다.

그 바람선이 수억 천만 가지 넘고 넘는 것이
형성을 이루어 진법을 펴고 주문도를
알기 때문에 주문을 부른다.

주문을 외워 부르면 힘이 딱딱 오고
진을 착착 쳐서 진법을 폈다 거뒀다 하고
학문의 제도 속에서 학문의 제도로
운세가 왔는데 그 해운 년을 학문의
제도대로 펴 간단 말이다.

바람선이 모든 것을 끌어 오고
확장 확대 시키고 뭉쳐도 놓고, 펴도 놓고
그것은 전부 바람선이 함으로써 힘의 존재인이다.

돈이 필요 없는 세상

하늘에 환경의 권위자 힘의 존재인들이 사는 환경은
돈이 필요 없이 만족하고 흡족할 것 같다.

이 인간 세상은 돈이 있어야 내가 어디로 차를 타고
갈 수 있고 비행기를 타고 날아갈 수가 있다.

그러나 하늘의 존재인들은 바람선을 타고 마음대로
불러서 부리기 때문에 만족하고 흡족하고 힘을
자유자재로 이용해 쓸 것이다.

모든 진미 선을 거둬다가 코로 마실 수 있을 것이요,
물도 마냥 젊어지는 물, 인간은 얼굴에 발라야 살지만
그곳은 안 바르고 그냥 먹어서 세포조직이
피부가 깨끗하고, 윤택해지고 세포조직이 윤택한
빛이나 머리카락도 전부 빛이 날 수밖에 없는
그러한 환경이니 천국이라고 할 것 같다.

그 분들의 존엄은 예와 법도를 갖추고 천문의 이치를
환히 알고서 바로 탄생도 하고, 말씀도 하고
인간하고는 다를 것이다.

태어날 때 머리는 완성 일체인데 몸은 미완성이지만
예를 갖추어서 탄생한 존재인들이 공부를 하니 무한정한
천재분들이 사는 이런 것을 별개 이상의 세계라
이야기할 수 있을 것 같다.

동물도 아닌 이상한 인간

본래 순수했지만 오랜 세월이 흐르다보니
사람들이 모두 요사이는 동물성 야생성을 닮은 듯
이상한 거짓된 삶이 많은 것 같다.

강자가 약자를 구속하고 노예같이 부리고
창조주가 이루어놓은 자연의 섭리
좌청룡 우백호든지 흐르고 도는 명기 정기든지
중력의 힘의 자유에 층과 층면이든지
자석의 층과 측면이든지 일어나고 터지는
사람에게 좋은 모든 생물이든지
생물의 종류도 많고 많은 것 같다.

과학이 있음으로써 생동이 있고
생동이 있음으로써 생함이 있고
생함이 있음으로써 활동되어
서로가 상통되고 자유 일심이 되어 이루어진
자연의 법칙을 본 즉 절대요, 불변이요 약속대로
일획도 일점도 더하고 덜할 수 없는 것이
진실의 기본일 것이다.

그런데 사람은 요랬다 저랬다 좁고 짧아서 죄만 짓고
안 한다고 하고 또 짓고, 이런 것은 사람들의 잘못이지만
언제나 이 세상은 밝고 맑은 서로가 믿고 정하고 통할 수 있는
세상이 될지 아직도 먼 길이 남아 있는 듯하다.

새해 첫날 햇님

2016년 병신년의 원숭이의 해
새 희망과 새 소망의 새 꿈을
인간들에게 안겨 주고자 동해
한복판 바닷물을 뚫고 용광로의
엄청난 불덩어리가 부글부글 바닷물을
끓이면서 올라오는 듯 보인다.

새 아침 웃는 얼굴로 많은 관광객의
환호를 받으며 새해 새날을 알리는
깃발을 높이 들고 새로운 해운 년이
전개됨을 알리고 있다.

모든 사람들이 이글거리는 불덩이 몸체의
햇님의 빛나는 빗살의 광채를 바라보며
올 한해 소원 성취를 빌고 빌며 환호성을 지르며
반가운 햇님을 맞이하고 있다.

햇님이 온 세상 사람의 소원을 성취해 주는 구세주로
착각하고 있는 듯, 부푼 가슴 설레는 마음으로
새해 첫날 햇님의 고마움을 다시 한 번 생각하며
명절과 같은 분위기를 고조 시키는 듯하다.

새해 첫날 동틀 녘

지구 공간 구석구석을 두루 살피시고
항상 광명의 영광의 빛으로 만물을 성장시켜
우리 인간들에게 생명의 근원의 원천인 양식을
제공해 주시어 광명의 일력으로 식물의 열매에
고체의 진미와 당도와 갖가지 맛의 향을
듬뿍 넣어 주시는 햇님이시다.

햇님이 서산 넘어 서해로지고
동해에 솟아오르지 않으면 캄캄한
밤 속에서 어떻게 살며, 식물과 모든 생물의
성장이 중단되고 생명의 양식을 얻을 수 있는
원천이 사라지니 인간도 살아갈 수가 없으리라.

한 달 이상 구름 속의 장마만 계속되어도
햇님이 그리워지는데 햇님이 없는 사시사철
캄캄한 밤의 연속 생활의 진행은 생각만 하여도
끔찍한 일이 아닐 수 없을 것 같다.

너무나 큰일을 하시는 햇님 고맙고 햇님을 배후에서
일 할 수 있도록 조절 조정해 주시는 햇님을 창조하신
조물주님께 무한한 감사를 느껴야 할 것이다.

꿈이 그리워

인간은 현실 세계에 무언가 항상 부족하여
그림 같은 꿈을 그리며 살아가고 싶어 하는 것 같다.

그러기에 인간은 꿈이 없으면 삶의 생동력을 상실하고
내일이 없는 용기와 희망과 허탈함을 가지고 살아갈 것이요
꿈이 없으면 발전이 없고 제자리걸음만 하고 전진할 수가 없을
것이요
내일의 변화된 생활의 모습이 없는 상황이 전개될 것이다.

꿈이란 인간들의 삶의 의욕을 주고 또한 그 꿈을 이루기 위하여
동분서주하는 활기찬 생활의 연결고리가 산업과 산업이 모두
고리로 연결되어 새로운 창조적 새 상품의 경제적 생활적 실용
적인
사회 발전에 이바지된다는 사실은 숨길 수 없는 현실이 되었다.

꿈이 단기간에 이루어지는 것은 많지 않기 때문에 먼 앞날을 바
라보고
가족의 맞춤형 꿈을 생산하는 세부적인 예술적 생각과 부단한
노력이
요구되는 사항이다.

세대마다 시대마다 연령 따라 꿈과 희망도 다르기 때문에 가족

에서

그것 또한 교통정리가 필요하다.

초등학생은 공부 잘하는 꿈. 중고등학생은 좋은 친구도 만나고 좋은 대학

가는 꿈을 꾸지요

부모님들은 자식들 잘되는 게 꿈이요, 뭔가 오늘보다는 내일의 발전된

꿈을 이루기 위하여 연령적 세대별로 모두 꿈이 다르고 청년이 되어 직장을

취직하면 자기가 그리워하는 꿈의 배우자를 만나는 것이 중요한 꿈이 되겠지!

그래서 인간은 꿈을 먹고사는 꿈의 테두리 속에서 사는 것 같다.

새해의 꿈

해마다 새해 새 아침 새 꿈을 이루겠다고
사람마다 다짐을 하고 약속을 하고 계획을 세우고
부푼 희망으로 새해 설계를 그리며 올해만큼은
새 꿈의 목표를 이루고자 맹세를 해보는 것이
모든 사람들의 생각인 듯하다.

그러나 삼일이 지나고 일주가 지나고 한 달이 지나면
맹세한 마음이 뜨거운 태양과 가뭄에 목말라 시들거리는
잡초처럼 점점 비틀거리며 원점으로 돌아가는 것이 허다하다.

한 번 다짐한 새로운 해운 년의 꿈을 기필코 달성하기 위해서는
항상 내 마음부터 처음처럼 초지일관 다짐하던 겸허한 마음과
곧은 절개와 집념과 관찰과 중단 없는 노력의 대가가 뒷받침되어야
이루어진다는 참 교훈을 생각하며

자신의 이상과 꿈의 거대한 활로를 찾아 현실로 달성하기 위해서는
한편으로 설계한 내 꿈의 설계도가 완성으로 나타날 수 있도록
중단 없는 전진만이 최상의 작전의 전술이 아닌가 생각해 본다.

인생의 마지막 날

어저께 을미년 마지막 날이란다.
긴 시간이 지나면 어느덧
마지막이 오게 마련이다.

내 인생이 마지막 날이라면
어떻게 생각을 해 볼까?
할 일이 많은데 너무 빨리 찾아오면
어쩌나 하고 생각해 본다.

인생의 마지막 날도
정해진 날이 있다면
저질러진 일도 정리하고
깔끔한 설거지를 할 수 있으련만,

사람의 마지막 날은 알 수가 없으니
많은 돈 감춰놓은 천장에서
벽장에 감춰둔 금괴가 나오고
자손한테 말도 못하고 떠났다니
그 귀한 것이 수리 공사 중에
일꾼들이 발견하는 사례가 있다.

마음으로 느낌으로 마지막 날의
예감이 오면 미리미리 정리해 둔다면
마지막 떠난 후 혼란스러움이 없으리라.

잠 속의 꿈

진짜 꿈이란 잠잘 때 사실같이 일어나는
잠 속의 꿈이 꿈이라고 말할 것이리라.

혹자는 잠자는 꿈속에서 수염이 하얀
할아버지가 나타나 숫자를 적어 음성으로
들리어 일어나 빨리 적은 것이 로또에
당첨되어 행운을 만나 횡재하는 일화도
가끔은 전해진다.

이것이야말로 꿈을 꾼 것이 현실로 일어나는
흔치 않은 일이라고 하지만, 대개의 꿈은
내가 노력하여 이상과 생각을 설계하여
목표를 정하여 순차적으로 이루어져 나가는
성장의 과정이 순수한 보람의 꿈을
이룬다 할 수 있을 것이다.

꿈을 가지고 있다 하여 가지고 있는 자체로
이루어진다면 얼마나 좋겠느냐마는,
꿈을 이루려면 그에 대한 노력과 정성과
밝고 맑은 정신과 마음을 가지고
실천할 때에 비로소 좋은 결실을 맺는 것일 것이다.

나쁜 정신과 마음으로 남에게 해를 끼쳐가며 꿈을
실현한다는 것은 꿈이 아니라 자기의 꿈도 이루지
못하는 불행한 현실이 나타난다는 것임을 알아야 할 것이다.

꿈이 있어 즐겁다.

내가 생각하는 큰 꿈을 남은 알지 못하지만
가지고 있는 그것만으로도 즐겁고 행복하다.

앞으로 계획을 세워 이루어질 머릿속의
그림 같은 전원의 행복한 초원 위에 아담한
집을 짓고 약초와 약 채소를 직접 심어 먹고
신선이 즐기는 공기 좋고 물 맑은 아름다운

자연의 환경과 더불어 적응하며 살려는 생각을 했다면
미래에 이루어질 일이지만 상상의 꿈 나래를
펼치는 기쁨이 넘쳐서 어려운 일도 헤쳐 나갈 수 있는
원동력이 됨으로써 그 꿈도 자연의 순리처럼 순진하고
순수하고 물 흐르듯 나도 모르는 사이에 이루어질 것만
같은 생각이 들것 같다.

그것은 모든 자연의 섭리가 진실 되고 순리 정연한
자연법칙의 진리체로 되어 있기 때문에 결백하고
밝고 맑은 정신과 마음의 원천의 원인이 진실 하나로
일관되어 있기 때문에 원인을 닮은 결과도 증거로써
나타나는 것은 가장 자연스러운 현상이라고 생각한다.

이것이 일시적이 아니라 변함없는 불변의 정신과 마음이
지속될 때에 하늘이 도우 시사 꿈이 즐겁다는 행복함이
영원히 빛날 것이다.

자연은 순수하다.

하늘과 땅이 분명히 살아 생동함으로써
생동하는 힘으로부터 나타난 생동감이
끓어 넘침으로써 그 체와 체내가
흐르고 도는 것이다.

천지간 만물지중이 다 화평하고
너무나 화려하여 계절 따라
색깔의 변천이 완벽하고
자연의 힘을 주고받으며

서로 거룩하고 전진 자유하고
풍족하고 풍부한즉
무궁 무한한 순리의 가치와 진리와
법칙으로 이루어졌음을 알게 된다.

무한한 과학의 진리의 광명이
신비롭고 새로우며 자연의 그 힘 속에
살아 존재하지만 저절로 된
자연의 무의미한 가치로만 생각한다면
살아 있어도 죽은 자나 다름없는
인간의 무지한 모습이 아닌가 생각해 볼이다.

새해 첫날 햇님을 향한 바람

온 세계인들에게 높고 낮음 없이 공평하게
은혜를 베풀어 주시는 햇님에게 모두 다 소리 높여
함성 지르며 떠오르는 햇님을 향해 소원을 청하였는데
그 음성 겹치는 고함 소리에 높은 하늘에서 당신 몸이
너무 뜨거워 바람 친구가 식혀주는 강한 바람 소리에
다 들으셨는지 목소리 큰 사람의 소원만 들으셨으면
어쩌나 걱정이 된다.

모든 사람이 햇님에게 새해 첫날 소원을 빌면 들어 주실 것 같아
세계의 유명 해돋이에서 약속이라도 한 듯 모여서 소원을
비는 것은 햇님은 죄인이든 천한 사람이든 고관 귀한 선비든지
가리지 않고 인간 모두에게 따뜻한 사랑의 빛으로 감싸 주시는
은혜로우신 자임을 알기 때문에 자기 마음속 있는 마음을
목청 높여 높은 하늘의 햇님을 향하여 간곡한 심정으로
비는 것으로 믿어진다.

붉은 쇳물의 용광로처럼 마그마의 뜨거운 열기가 엄청난
에너지를 발산하며 한날한시 일 분 일 초도 쉬지 않고
변함없는 모습으로 인간을 위하여 존재하시는 햇님의
헌신하시는 모습에 감탄을 드리며 자기 몸에 더 높은
열을 높이어 자기와 멀리 떨어진 인간들의 사는 마을에도
따뜻한 빛으로 감싸 주시기 위한 작전의 전술이 얼마나 애쓰심이
많으실까? 다시 한 번 감사한 마음을 전하고 싶다.

눈에 총 쏘는 바람

천지간만물지중을 다스리고 조절함은
자연은 바람을 이용하여 다 하고 있다.

바람은 공기와 산소를 천연으로 실어
이동시키고 바닷물의 뜨거운 열기를
바람을 통하여 바닷물을 뒤집고 발생된
수증기를 비를 몰아 이리저리 이동시킨다.

하늘에 떠도는 구름도 바람의 힘을 빌려
이동하고 수정기가 하늘 힘 막에 닿으면
터지고 일어나는 고기압 저기압을 이동하는
역할을 한다.

공중에 골고루 펼쳐져 있는 습도를 우리 피부에
닿아 피부의 촉감을 좋게 하고 밤에는 하늘에서
내리는 약 같은 이슬을 골고루 바람이 이동하여
식물들의 얼굴에 물방울이 맺혀 세수를 할 수
있도록 하여 윤기가 나도록 도와준다.

봄에 새싹이 나오는 철에 바람은 무거운 흙을 뚫고
나오는 새싹과 나무들의 눈에다가 바람으로 총을
쏘아 눈이 터지도록 하여 새싹이 나오도록
골고루 평창을 이루어 베풀어 주는 은혜를
생각해 보아야 할 것이다.

그래서 봄에 부는 바람은 사람들의 가슴속 깊이
뚫고 들어오는 것을 느끼고 있는 사람은 자연에
감사하는 관심을 갖고 있는 사람들일 것이다.

죄를 짓지 말자

지금은 천지가 개벽할 정도로 개방된
정보사회의 문화적 환경적 지식도 높아
생명의 탄생하는 것만 **빼놓고는** 못하는
기술이 없는 세상이다.

그런데 지금도 사람들은 미개했던 수천 년 전
몇 자의 글귀에 매달려 개혁적인 생각을 왜?
않는지 궁금증이 난다.

천지를 창조하신 창조주의 하느님의 아들딸이 그분의
천 살의 결백의 밝고 맑은 유전자의 귀한 요소를
닮아 탄생함은 물론 의심의 여지가 없는 일인데

그 귀한 자녀분이 그렇게 어리석게 미물에 불과한
뱀에 꼬임에 빠질 수 있나? 그 미물 같은 뱀이
선악 과일을 먹으라고 한다고 먹을 리도 없을뿐더러
그렇다면 선악과나 뱀도 지금도 있어야 그나마
증거라고 있을까 말까 한데 무슨 말인가?

수천 년 전 소설에서나 나올법한 이야기를 첨단 과학이
증거 되는 오늘날에도 의심을 한번 생각지도 않고
그분의 자녀가 타락의 죄를 졌다고 감히 입으로
할 수도 없을 것 같다.

자기 자녀가 타락했다고 마이크 대고 강당에서
광고하면 어떻게 되겠나? 오늘도 그분이 만든
공간에서 공기와 산소와 물과 생명의 양식을 먹고
사는 사람들이 그 높으신 최고의 존엄을 그분 자녀를
죄가 있다고 감히 두려워서도 말할 수 없을 것 같다.

아무리 이해하려고 해도 너무나 잘 못 된 것이라고
말하는 사람은 왜? 없는지 직업적으로 안정된
편안한 생활에 사상이 박혀 그 방면으로 너무나
안주하는 인상이 든다.

최고 존엄을 잘 모시자.

우리가 지금 살고 있음은 최고 존엄의
보살핌과 이적 속에 우리의 생명이 항상
조절되고 유지되고 확장되고 확대되어
공의 공적에 공급의 사랑을 베풀어 주시는
최고 존엄의 은혜 속에 살고 있는데 그분이
바로 창조주이심을 누가 부인할 수가 있을까?

보잘것없는 인간들로부터 그 귀한 존엄의
귀하고 귀한 아들딸님이 타락의 죄를 지었다고
수 천 년 동안 모함을 해도 용서해주고 계시지만
언젠가는 후회할 날이 올 것이라 생각한다.

햇빛을 주시고 이 땅에 영양소를 공급해주시고
생명의 양식을 공급해 주시는 최고 존엄의 권위자님께
조석으로 정화수 떠놓고 모심의 생활은 못할지라도
그것도 이 세상 사람들도 제일 싫어하는 타락 죄를
최고의 존엄의 하느님 자녀님들께 뒤집어 누가 쉬워
글을 썼는지 그를 믿고 확인도 안 된 내용을 나팔수
역할을 한자는 과연 누가 수천 년 동안 하였는가?

하늘에 머리를 들고 다니기도 부끄러운 생각을 해야 할
일이요, 천지간만물지중을 다스리고 조절 조정해 주시는
은혜로우신 최고 존엄 자이신 주인님을 모독하고도
무사히 이 땅에 산다는 것이 얼마나 그분의 높고 넓은
사랑을 느낄 수 있을 것 같다.

새로운 정신적 개혁을 스스로 일으켜 나타난 우주 공간의
신비한 자비 철학으로 나타난 공간을 보아서 이제는 회계하고
그분 자녀의 타락이란 두 글자와 선악과 그리고 미물 같은
균에서 진화된 뱀 같은 이야기는 없애 버리는 혁명적 개혁적
진실의 바람이 일어날 시기가 때가 너무나 늦은 것은 아닌지
모두가 가슴에 손을 얹고 반성해 볼 일인 것 같다.

참 교육한다더니

학생이 선생님을 떼 지어 때린다니

언론에 보도되어 세상이 어지러울 정도다.
요사이는 동물보다도 어두운 밤길을 가다가
사람을 만나면 나를 해치지나 않을까?

서로가 의심이 나니 얼마나 나쁘면 의심이 오겠는가?
우리들은 한 번씩 생각해 볼 일이다.

가정에서 잘 다듬어서 정서적으로 살지는 못 할지라도
교훈을 잘 가르치고 걷는 것이며 서는 것이며
말하는 것이며 행동하는 것이며 행동절차가
엄마가 아들딸을 기를 때

속으로 귀여운 것을 거죽으로 나타내지 말고
엄격한 가정교육의 가정교훈이 학교에서 배우는 것보다
중요한 것인데 요즘 가정의 경제는 부부 맞벌이로 바빠서
가정의 교훈을 말할 기회가 적은 탓인지는 몰라도

학교에서 학문을 지도하는 선생님을 학생 세 명이 막말을 하며
떼를 지어 막대기로 선생님을 폭행하는 동영상이 인터넷과
티브이에서 뉴스로 나오는 소식을 들을 때마다 모두 우리들의
책임인 것 같은 생각이 들어 가슴이 아프다.

자연의 공간

이 지구 공간에 나타난 자연은 유명한 사대 성현이
오기 전부터 태양과 이루어 놓으신 자연의 섭리는
여전히 돌아가고 돌아오며 무한한 힘의 전류가
흐르고 돌고 무한하였단 것은 사실이다.

사람으로서는 도저히 공간을 이룰 수 없음이 증명되고
그 시대의 성현들도 죽음으로써 그 분들의 시대는
끝났다는 사실이다. 이 엄청난 것을 사람이 할 수
없다는 것을 증거했다. 그 높은 성현님들도!

우리가 밟고 다니는 흙을 보면 그 흙의 생토가 성분의 요소가
한없고 끝없이 조화를 이루고 있고 그 조화 속에서 모든
생물들이 성장되어서 무한하게 활동을 펴고, 천지간
만물지중이 모두 음양 지 이치로써 아름답게 펴 가는데
인간은 만물의 영장이라고 하면서

서로가 헐뜯고 서로가 미워하고 서로가 싫어하고
서로가 투기하고, 쏘고, 죽이고.

곤충만도 못한 인간이라는 것을 절실히 느껴 본 사람이
많을 것 같다. 오죽하면 사람이 외진 골목에서 만났을 때 서로가
경계하는 불신의 세상이 물들어 감이 짙어가는 것 같아 슬프다.

교만도 죄이다.

참 예의 있는 신앙 가는 남을 함부로 판단하지 않는다.
할 말만 하고 시기 질투하지 않고 교만도 죄악에 속한 것이다.
원래 인간이 만물의 영장이고 효율을 나타낼 수 있는
명실공히 분명하여야 하고

무한하게 살려면 편안하게 마음먹고 좋은 마음을 써야
나도 모르게 편안한 안식이 오고 그래서 좋은 마음이
자꾸 왔을 때 좋은 마음을 가지게 된다.

그게 바로 사는 길이요 진리 체다. 우리 몸도 진리체로
이루어져 있어 체내도 전부 오묘하게 되어 있고 이 형성에
광경도 학문에 제도로 이루어져 있은즉 제도 속에 살고 있고
이 제도 속에서 힘 막을 펴서 지금도 이적 속에서 살고 있다.

이 천체의 은하계, 태양선, 진공, 자석의 힘, 자력의 힘,
압력의 힘, 기체, 고체 이것이 모두 수정기 화학 등이 다
학문인데 얼마나 기묘한 진리가 실제 조물주 조화 분이 우리를
감싸 주시니 눈물겹도록 감사한 마음을 가져야 할 것 같다.

그분께 기체 일향 만강하시옵고 옥체 만안하시옵소서 이런 말은
못 할망정 뭘 달라고 비는지 염치가 없는
것 같다.

공기 선을 펴서 우리 몸속에 산소를 저장해 주시고 호흡할 수 있는 생명의 요소가 무한정한데 이것 또한 감사해야 할 일이 아닐까? 생각을 해 보자.

참 진실이란?

많은 의인이 이 땅에 왔지만 공의 공급이 되지 않았다.
사람이 어디 공의롭게 되어 있는가?
정치가 공적의 공의라 하는데 공적은커녕 자기 사리사욕만
차리는 환경에 공의롭게 살 수가 없는데 환경의 지배자가 되어
어떻게 하겠는가?

사람들이 사는 취미도 많다.
육체를 낙을 삼고 사는 사람
물질을 낙을 삼고 사는 사람
방탕을 낙을 삼고 사는 사람
오락의 낙을 삼고 사는 사람

이런 사람 중에도 참되게 살려고 나가는 사람은 첫째
판단력이 강해야 하고
강한 힘이 철통 같이 굳어 있어야 하고
옳지 못 한데 절대 보지 않고
옳지 못 한데 한자리에 가지도 않고
진실한 마음이 싹이 터야 바로 가고
진실이라는 마음이 싹트지 않으면 바른길을 걸을 수가 없다.

인간들도 이 공간을 보았을 때 이 공간 안에 지리 자원이나
형성이나, 생물이나, 생명체나, 모든 것을 보았을 때 이루어놓은
자연의 섭리를 보면 마음이 안정이 오고 편안한 안도감이 오지만
사람을 보면 불안하고 의심이 나 그러니까 사람은 잘 못된
것이라는 것을 분명히 분리할 수 있어야 할 것 같다.

사람을 다루는 것

사람을 척 보면 너는 눈을 보니 잘 못 되었다.
사람이 걷는 거며 앉는 거며, 눈뜨는 거며,
말하는 거며, 웃는 것, 우는 것, 오만상 누비는 거며
모든 인간의 인생관을 관찰하게 된다.

그래서 자연이 마음이 순박해지고 옳지 못한
것을 탐내지 않고 욕심을 자꾸 물러나게 한다.
신앙이란 것은 가장 크고도 고귀하고, 아름답고,
광대하고, 광범하고, 웅장하고, 웅대하고, 거창하고,
스릴 있고, 아주 빈설 같고 아름다워 보인다.

저런 자연을 보면 마음이 편안하지만 사람을 보면
불안한 걸까? 사람과 자연이 분리가 되어 있다는 것을
알아야 할 것 같다. 이럼으로써 옳지 못 한데 가지 않아
항상 바른 생활이 진행 되는 것이다. 남의 꼬임에
빠진다는 것은 어리석은 짓이고 사람이 줏대가 있어
분리를 시키면 옳지 못 한데는 적응이 안 된다.

만약에 적응 되었어도 같이하고 절대 거기에 넘어 가지 않는다.
그런 주관이 완벽해야 주관 권위를 세울 수 있는
주관이 있어 자기가 목적관을 달성할 수 있는
체계조리를 알아 상하를 분별하게 되고
자연의 법도를 느낌으로써 사람이 바보가 안 되는 것이요
자연의 진실의 소박의 순리가 이루어지는 것이다.

주역의 자비 철학

인간의 습성은 노력은 하지 않고 이적이나
기적을 바라는 것을 좋아한다.
원래 주역이 자비 철학의 근원인데 육갑 술을 겸비해 가지고
숫자 수학에 겸비하여 육갑 술, 육갑이 숫자인데 술을 부린다.
그래서 한일자 두이자 육해를 뽑아 뭐가 어떻고 저러고 하지만
인간의 재주는 한계가 있는 것 같다.

천지를 창조한 하늘의 조화체 분들은 원문에 다가
원도가 있고, 본문이 있고, 본도가 있고, 본질이 있고,
주독이 있고, 주역이 있고, 육갑 술이 있고,
숫자가 있고, 수학이 있다.

또 도술을 부려야 하기 때문에
원술, 진술, 천연의 요술, 이것은 나타난 유형이요
진짜 근원의 원술 근원의 진술 근원의 생술
근원의 생록 술 근원의 왕록 술로 술법을 펴서 진과 술과
주문으로 어마어마한 이적의 술을 이용하여 살 것이다.

궁창에는 수정기가 평청 평창으로 이루어져 지도같이
숫자가 붙어있고 물방울이 올라가서 율동 회전하며
증발 되어 올라가 정기에 닿으니 터질 수밖에 없다.

이 지구 때문에 저 하늘 궁창이 있다.
우리들이 사는 집도 천장이 있지 않은가?
조물주님도 공간을 이용하여 만족하고 흡족하게
사시려고 하신 흔적이 많아 보이는 것 같다.
이러한 고귀한 분들을 한 번쯤 창조의 큰 뜻을
상상해보는 것이 생소한 말씀의 진가가 아니겠는가를!!...

부전자전

천지간 만물지중은 음양 지 이치로 되어 있기 때문에
음양은 조화다. 조물주께서는 정신일도를 하시어
정신에 요소
마음에 요소
음양의 요소
생명의 요소
힘의 요소 다섯 가지 조목을 이루셨다.

정신 마음 음양 요소는 힘은 없지만
생명의 요소가 있는 곳에는 힘이 있어
전류가 흐르고 도니까 힘이 있어야 하고
음양은 조화를 부린다.

부자유친 부전자전 모전여전이다.
창조주 하느님을 닮은 아들딸을 타락 죄를 졌다고
거룩하신 분을 모독해서야 되겠는가?

하느님 믿는다 하면서 그분의 아들딸이
죄졌다고 하면 좋아하고 안 졌다고 하면
싫어하니 한심한 일이로다. 안 믿는 사람은
그런 말을 안 하니까 모독죄는 짓지 않는가 말이다.

그분께서 주시는 태양이든지 생명선이 가장 귀한 데
공기 바람 산소 수정기 모든 그 형성에 이루어진
체대의 자유가 고귀하고 그 정경이 아름다운 명성을
떨친 우주 공간을 보아 그분의 자녀님들이 무엇이
아쉬워 타락 죄를 지겠는가를 생각하여 보지 않으려나?

인생의 해도 저물어 간다.

어릴 적 네 살 때 하늘에 전투기 폭격기가
굉음을 내며 피난길을 재촉하던 생각이 난다.
성장하여 되돌아보니 그때가 북의 남침으로
전쟁의 회오리 속에서 생사가 위태로운 상황이었다는
것을 성장하면서 알게 되었다.

그 어릴 적, 코 흘리며 가슴에 코 닦는 수건을 가슴에 달고
초등학교에 입학한 것이 엊그제 같은데 내 인생도 고희가 코앞에
다가오고 인생 노정의 세월의 해도 서산으로 저물어
가는 느낌을 받는다. 며칠 전 을미년의 해는 서해로 넘어간 후
몇 시간 후 병신년의 새해로 변하여 동해에서 나타났다.

그러나 인생의 해는 한 번 지면 다시 솟을 수 없는
유일한 생명의 존재라는 것을 생각할 때
자신의 몸을 자기가 잘 가꾸어 하늘이 허락하는 날까지
잘 보존 유지하고 값진 생활의 발자취를 남기고 가야 할 것 같다.

이순신 장군 세종대왕은 역사의 삶의 해 속에 묻혔지만
역사 책 속에 나와 우리가 알고 있듯이 우리 일반 인생의
순수한 발자취도 자기의 생각과 철학을 책으로 남기고
감으로써 인생의 해는 졌어도 책을 통하여 살아있는
글로써 생명이 살아 숨 쉬는 느낌을 줄 수 있을 것 같다.

유형으로 나타난 생동 체

우리가 살고 있는 지구는 유형 실체로 나타난 생동체다.
생동체의 지금 나타나 있는 지리 자원을 보라 지리는
지도가 딱딱 박혀 있고 지리학이 학문으로 나오고
지질학이 과학의 학문으로 체계 조리가 조리 단정하게
이루어져 물이 흐르고 돈다.

그럼으로써 명기전이 작용하니 명기가 동하고
명기가 동하니 정기전이 작용하고 정기가 활동한다.
지금 땅 속에는 마그마가 왱왱 쌩쌩 왕왕하며
구풀 넘실대며 돌아간다.

조화체에서 조화 분들이 하느님 아들딸이 그분의 유전자를
닮아 탄생하시고 천지간 만물지중을 아들딸님과 함께
창조하셨을 것이므로 자연은 천륜이요 천심이라 할 수 있다.

가짜의 세상은 거죽의 세상이라 겉으로 화려하고 건물만
좋은 곳에 진리의 원천이 있는 것으로 알지만 천정의
천륜의 자연의 이치를 보아 깨닫는 자가 되어야 할 것 같다.

이 공간은 사람이 못 만든 것만은 맞지 않는가? 만든 사람이
주인이지 사람이 주라고 하는 것은 주의 사명을 주어도
감당을 못한다는 사실을 확실히 알 필요가 있을 것 같다.

낫 놓고 ㄱ 자 몰라도

박사한테 배워야만
훌륭한 공부가 아니라
낫 놓고 ㄱ 자 모르는 사람도
자연의 음양의 조화로 이루어진

천륜의 귀함을 스스로 터득하고
만물의 상하를 분별하여
질서가 정연 조리 단정함을
느낌을 알게 될 때 진짜 공부다.

자연을 탐구함은 마음이 동하고
관찰할 수 있는 눈이 되고
정신과 마음을 검토할 수 있는
자세가 필요한 것 같다.

흙을 하나 보아도 토색의 성분이
수 억천만 가지 넘는다는 것이
자기 마음속에 쑥 들어오면
이것 또한 자연의 공부가 아닌가?

누구를 원망을 해

자연의 순리의 법칙에 영양소를 받아
잎 피고 꽃 피고 열매 맺는 것을
보았을 때 마음이 편안하며
사랑이 간다.

부모의 심정이 마음속에 감돌고
상하를 분별할 수 있는
마음가짐이 되면 안식을 취할 수 있다.

죽을 병은 자기가 들어 놓고
천지를 창조하신 조물주를 믿건만
왜? 안 만져 주나 원망치 말자
모두가 자기가 저질러 놓은 것 아닌가?

먼저 그분의 애쓰심을 아파하고
걱정을 하면 하늘이 감동하서
고쳐 주시게 되지만
자기는 그릇도 준비치 못했는데
욕심만 내면 되겠는가?

돈 가지고 사귀려 하나?

축복을 주시옵소서.
축복을 주시옵소서.

얄미워서 줄 것도 안 주겠다.
조물주를 돈 가지고 사귀려면 되겠나?
천지간 만물지중이 다 그분 것인데
돈 가지고 추하게 사귀겠는가를
생각해 볼 일이다.

이 세상 신앙은 믿으면 축복하고
바라는 마음으로 돈도 갖다 내고
혜택을 받으려고 믿는 것은
좁고 짧은 생각이다.

광대 광범하고 웅장 웅대함을
깨닫는 무지가 무로 들어가서
바라지 말고 엄청난 공간을 보고
펼쳐서 있는 엄청난 창극을 확신하고
믿어야 되지 않을까?

조물주의 애쓰심을 먼저 생각함이
옳은 일인 것 같다.

식물도 아침에 경배한다.

이 지구에 사는 생물 생명체,
생물체나 생체나 조물주께서
무한히 사랑해 주시니 고마울 뿐이다.

식물도 말은 안 해도 표현을 한다.
혹자는 식물인간이라 비하하지만
식물도 아침에는 경배 드리려고
동쪽을 향해 고개를 숙이고

낮에는 서로 대화를 나누어 통한다.
산과 산이 심산궁곡에 들어가면
오묘하게 산과 산이 대화를 나눈다.

이 지구도 컴퓨터가 짝 공같이 붙어
동은 서를, 서는 동을, 남은 북을,
북은, 남을 가리키며 응시하고

시곗바늘같이 채각채각 투명으로
붙어 힘 태로 감아서 전부 이루어
평창을 이루셨다.

정서적으로 살다.

자연의 법칙이 분별되어 있으면서도
완벽하고 법이 있으니 법률이 딱딱
붙어 있어 사람이 그 환경의 질서가
정연하니 단정하게 정서적으로 살 수 있다.

나쁜 것은 치우고 좋은 것은 가지고
도를 갈고닦아 능가할 수 있는
초월자가 되었을 때 온유 겸손할 것이요

만물의 영장이 될 수 있는
효율을 나타낼 수 있고 그럼으로써
신령한 영물이 될 수 있다.

왜 신령할까?

효율을 나타내고 모든 것을
분별하고
판단하고
온유하고
겸손하고 주관권이 완벽하기 때문일 것이다.

자연은 거짓말 안 한다.

자연이라고 함은 조물주께서
사람도 파가 있듯이
근원 근도 원 파에서 무형 실체와
유형실체 두 가지를
전부 자전 자동으로 컴퓨터를 붙여
이루셨기 때문에 자연이라고 한다.

인간은 무지에서 무한을 깨닫고
무언에서 무한을 깨닫기 힘들다.
생각이 없는데 깨달을 리 없겠지

상통천문 하탈지리 둔갑장신
이산 이수를 한 자도 깨닫지 못하고
죽은 것이 증거가 아니겠는가?

사람은 말로만 하고 행해야지
거짓말쟁이가 아니잖은가?
온전한 사람이 온전함을 얻어서
자연의 섭리를 배워 순수하고
소박한 인간의 모습이 귀하다.

고약한 사람들

자연의 섭리가 생동체가 생동하는 것을
보면 정말 귀하다.

넓은 참외밭에 가보라 노랗게 익어서
태양에서 주신 진미가 듬뿍 들어있다.

피조물을 창조하시기 위해 피골이
상집도록 전심전력을 다 쏟아
이루시느라 얼마나 애쓰셨을까?

조화 체에서 조화체로 조물주 아들딸이
탄생하셨는데 자녀가 죄를 겼다면
하느님도 죄를 지을 가능성이
있다는 것이 아닌가?
참 기가 막힌 일이다.

하느님도 당신 아들딸 죄겼다고
외치는 곳에 어떻게 가깝게 하겠나?
학문만 배워서 세상에 나타나려고
하지 말고 자연을 보고 천륜을
먼저 알아야 할 것이다.

초심을 향하여

초심으로 돌아가자.
새해 아침 떠오르는 저 햇님과
둘만이 통하는 새로운 각오와 결심이
변심하기 쉬운 작심삼일째 날이다.

새해 영시를 맞아
보신각종 소리 울리며
희망의 노래와 새해 꿈을
펼치고자 추운 날씨 밤새워
불을 밝히며 환호하였다.

영시 행사를 마치고
동해의 불타오르는
태양을 맞이하고자
구름떼처럼 정동진에 모여

솟아오르는 태양을 향하여
새해 축배의 잔을 들며
목청 높여 부르짖던 용기와
힘찬 고동 소리가 멈추지
않기를 바랄 뿐이다.

겨울 소나무

매서운 일월 강추위에
겨울밤을 난방을 높이며
많은 에너지를 소비하는
댓가에 의해 사람 따라
온도를 조정하며 지낸다.

우리 집 6층 앞 소나무는
내 눈과 직선으로 일치되는
것으로 보여 10여 미터 되는
키 큰 나무가 파란 잎을 유지하며

녹색의 어울림이 보고 싶은 계절
푸른 꿈을 선사하는
곧게 뻗은 절개와
짓 푸른 강인함에
생명의 소중함을 느껴본다.

저 소나무는 여름철에 햇님의
영양소를 듬뿍 받아 추위에
솔잎하고 이별 없이 살려고
추위에 견디는 나만의 비법의
보약을 처방받은 것 같다.

뒷동산 등산길

도심의 변두리 뒷동산 등산길은
새벽부터 해질 무렵까지
하루에 수백여명의 주민들이
오르내리는 생활 체육장이다.

산림보존이 잘 되어 반세기
넘는 수령의 소나무 참나무들이
숲을 이루어 사람들의 허파
역할을 해주고 있다.

숲 속 사이로 등산길 나무들은
골반 **뼈**가 나올 정도로
장마에 흙이 깎여 나간
뿌리를 사람들이 매일 밟고
지나가니 아픔을 호소하지만

사람들은 나무들이 신음하는
소리를 듣지 못하는 것 같아
다 같은 생물체로써 가슴이 아프다.

철새 여행

모든 생물체들은 계절 따라
적응하기에 너무나 바쁘다.

겨울 철새 기러기는 해가 바뀌면
북반부로 날아가느라 떼를 지어
하늘에 비행 편대를 이루며
여행을 떠난다.

봄철에 제비들도 따뜻한 곳을
찾아 번식하고 또 떠나려고
여행 준비를 하겠지

철이 바뀌면 기체와 기후의
변화에 따라 생존의 길을
개척하며 번식하는 살기 좋은
곳을 향하여 먼 여행을 하는
철새들의 행로도 고달픈 생활이다.

앞과 옆을 보아도 바다만 보이고
원양 어선들만 떠 있는 바닷길을
어떻게 찾아오는지 참 머리가
비상한 것 같다.

나무의 겨우살이

겨울철엔 온기가 땅속에
스며들어 따뜻한 물이 돌고
여름철엔 온기가 지면에
올라와 시원한 물이 나온다.

기후와 기체가 온기 온도를
조절하여 땅속에 나무뿌리들이
지상에 솟은 나뭇가지에
부지런히 빠른 속도로

영양을 공급해주어 추위를
극복하며 생존을 유지한다.

여름철 나뭇잎이 햇님의
영양소를 흠뻑 섭취하여
뿌리에 저장하고

나뭇잎은 봄철에 만나자 하고
떠났으니 추운 겨울 온몸을
지키기 위하여 뿌리의 근본의
역할에 책임감을 다하는 것 같다.

세월 여행

새해의 깃발 소리에
금방 새봄 소리가 들린다.

새해 새 희망, 새 소망, 새봄
새싹, 새로움에 마음이 설렌다.

계절의 속도가 너무 빨라
세월의 초고속 비행기를 타고
가는 인상을 느낀다.

새싹이 돋고 봄꽃이 피어날 만
하면 금 새 짙은 녹색이 무성한 여름철

어느덧 서늘한 바람이 불더니
햇과일 풍성하고, 햅쌀이 수확되고
추석이 돌아온다.

겨울철 입구에서 단풍의 계절에
온 천지의 가을 산에 꽃단장
단풍놀이 천국이 끝날 무렵
며칠 후 김장하고 나면 겨울
첫눈이 내리고 참 바쁜 세월의
여행이다.

계절의 옷차림

강추위에 겹겹이 입고
겉에 두꺼운 오리 털옷이
등장하여 온몸을 감싸
자기 몸을 보호하는 소한
대한 추위의 계절이다.

대한이 지나 입춘이 오면
한 겹씩 옷을 벗기고
봄철 옷이 등장하여
몇 차례 패션쇼 하듯

바로 여름철 반팔 반바지 옷
헉헉대는 무더위에 몸이 지쳐
허덕일 때

쌀쌀한 가을바람이 불어오면
가을철 옷 입고 단풍여행에
가을 패션 자랑하고 옷걸이에
옷 정리하기도 바쁜 계절의
옷차림 생활이 된다.

자기 재능만 피운다.

우리 사는 지구에는 진공인데
여기에 보이지 않는 힘 막으로
생명선을 설치하여 바람과 공기와
산소가 있어 살 수가 있다.

달나라는 진공 상태지만
생명선을 설치하지 않아
생명이 존재 못한다.

우리 몸속에는 공기 산소를
마시지만 사람 입에서 나오는 것은
탄소 독가스만 나오고

트림을 한 번 해보라
인분 냄새만 날뿐이다.

배속에 부패된 균을 가진 인간이
재능을 베풀고 무한도로 산에 가서
수도생활을 하여 자기 재능만
피우니까 천륜과는 아무 상관이 없다.

인간은 부끄럽다.

지금 지상의 세상은 죽은
역사 속에 산다지만

우리는 바람도 공기도 수정기도
생물도 화학도 귀한 것을 알고 있고

우리를 감싸 주시는 조물주의 사랑에
감사를 해야 할 것 같다.

땅에는 벼대로 녹말이든지
당분이든지 염분이든지
영양소로 나타났고

잡초나 꽃이나 뭐든지 그 성분을 받고
영양소를 받아 자기 소임을 다한다.

그러나 인간은 부끄럽다.
죄만 가득 한 짐 지고
욕심내고 탐내고
시기 질투하고 하는 것이
현명치 못하다.

보초병이 모자란다.

내 몸엔 암을 몰아내는
보초병사가 모자라 암이란 적군들이
결장에 성을 쌓아 진지를 치고 있어
외과의 칼을 무기로 그들을 전멸시켰다.

삼 년 전 크리스마스 전날 수술 후
일 년은 후유증에 시달렸고
분기마다 검사에 좋은 소식에
전 날의 악몽을 잊고 살만하였다.

삼 년차 검사 때 그놈들의 물체로
의심되는 살점을 뜯어 수색을 해보니
선종의 적군이 암으로 발전할 수도 있으나
현재의 가능성은 낮은 편이라 한다.

갑자기 보초병을 증원할 수 있다면
좋겠는데 뾰족한 전술이 없으니
반년에 한 번씩 저들의 동향 파악을
잘해 보자는 의사의 말을 믿고 갈 뿐이다.

제목 : 보초병이 모자란다.
시낭송 : 박순애
스마트폰으로 QR 코드를 스캔하면
시낭송을 감상하실 수 있습니다.

오늘까지 산 것도 감사한다.

조물주께서 천연의 자연의 이치의 법도로
공적에 공의 공급으로 공기 산소 바람
값도 내지 않고 먹고 마시고 살았으니
무한한 감사를 드린다.

내 몸에 있는 적군을 몰아내는 아군들도
암의 적군이 들어오기까지 전선을 지키다가
성이 구멍이 뚫리어 어쩔 수 없이 진지를
내 주었으리라.

내 몸에 심장이 뛰는 기관도 약 일 초에
한 번 이상 하루에 구만 번 이상 70년 약 24억 번
펌프질하며 큰 몸에 피를 돌게 하느라 수고한
생각을 하니 기적 같은 일이라 지금까지
산 것만도 만족할 뿐이다.

자동차나 기계는 10여 년 쓰면 꼬부랑 할머니 신세
사람도 100여 년을 산다는 것이 조물주의 신비로운
창조의 조화의 극치에 감탄할 뿐이다.

어머니의 밥상

충청도 두메산골 고향을 생각할 때마다
뛰놀던 산 비탈길 몃 감던 조그만 저수지
육신은 늙었어도 마음은 어린 시절을
그리워할 적마다

어머니께서 차려주시던 밥상이 생각나면
지금도 먹고 싶고, 그리운 어머니의
얼굴이 눈앞에 나타나 어른거리는 것 같아
보고 싶은 마음에 눈물이 나기도 한다.

이것이 천륜의 천정으로 맺어진 진정한
사랑의 정인 가보다 나 자신이 눈을 감고
저세상 갈 때까지 어머니의 그리움은
잊혀 지지 않을 것 같다.

피난길 남과 북의 전쟁을 겪으며
자식들을 키워 내며 농촌의 기계화가
없던 시절 몸의 노력으로 땀을 흘리며
농사를 지어야 했던 고달픈 삶이었다.

산 역사와 죽은 역사

공적 공의에 공급의 사랑의
무한한 살아 있는 조물주의
공로를 의지함은 산 역사요

흘러간 인간의 죽은 사람에
의지함은 죽은 역사를 믿으면
모두 헛됨일 것이라.

조물주의 산 역사는 현재 현실로
실존님들이 공기 바람 산소와
생명선을 지구 공간에 설치해 주시어

그분의 생명의 젖줄의 빨대를 빨고
살고 있으니 얼마나 고마운 일인가?
달나라는 진공상태로 산소 같은
생명선이 펴 있지 않아

산소가 떨어지기 전 돌아와야 하고
산소 떨어지면 힘이 세어 산산 조각나
찢어져 없어지고 그곳은 썩지도 않는다.

일심 일치로 흐르고 돈다.

천지 창조의 피조 만물은
공기다 바람이다 불이다 물이다
이름을 붙여 놓았지만
힘은 일심 일치로 흐르고 돈다.

엄청난 공간을 보아 조물주 아들딸은
흙으로 만들지도 않았을 것이며

인간들이 혼돈과 착각을 해서
조물주 아들딸이 죄를 졌다 하지만
그분들은 무언 무한한 분이데

그럴 수가 없다는 것을 자연을 보고
깨달아야 할 것이다.

사람의 뇌가 죽으면 식물인간이라
한다지만 식물은 잡초나 꽃이나
움직이며 밤이슬의 성령의 약을
받아먹으며 존재한다.

지진

조물주가 이루어 놓은 천연의 자연의
법칙을 인간들이 고도 고차원의
학문을 통해서 조물주를 알겠다.
이건 건방진 생각이다.

지상에 인간은 환경의 지배인이요
하늘 사람들은 환경의 지배 권위자다.
환경의 권위자는 존재인 이기 때문에

조화를 마음대로 만족 흡족 흠뻑
할 수 있는 능력을 갖추셨기 때문에
권능을 베풀 수 있는 힘의 존재인 이다.

진둥술과 진동술과 술이 치니까
우르릉하는 것을 지진이라고 한다.
지진은 분화구가 뚫려져서

밑에서부터 뚫려 들어가는 것도 있고,
확 뒤집어 쪼개서 벌려 놓은 것도 있다.

지능 파

천륜의 천정으로 인연 되어 인간도
신비의 음양의 조화로 되어있다.
사람 몸에 오른쪽 뇌는 정신이요
왼쪽의 뇌는 마음인데 이 지능 파를
풀려고 해도 무한정하다.

사람의 취미는 가지각색이다.
재물을 낙으로 삼는 사람
오락을 낙으로 삼는 사람
육체의 낙을 삼는 사람

그중에도 좀 밝게 자기를 찾아
올바르게 살려고 애쓰는 사람이
신앙인이라 볼 수 있다.

우리 정신과 마음이 참 귀하지만
하루아침에 정신과 마음의 심보가
고쳐지는 것이 아니므로 말은 학문으로
잘 하면서 행하려 하니 잘 안 된다.

정은 정신에서

창조주의 천륜은

정신의 요소
마음의 요소
생명의 요소
음양의 요소
힘의 요소

이런 것들이 모두 합류 일치되어
있기 때문에 정이라 한다.

정은 정신에서 일어나고
사랑은 마음에서 일어나고
정신과 마음이 합쳐서 자유하심이
무한정하다는 것이다.

천륜의 천정의 자연을 생각하며
늘 조물주의 아들딸님이 죄가
없다는 것을 간직하고 살아야
참된 도리이다.

반은 사람, 반은 고릴라 후손

선사시대는 추측으로 알뿐이다.
역사는 조물주 가정으로부터 시작된다.
조물주는 사차원 공간을 창조하셨다.

천지락 나라 지하 성나라 구름 성나라
이 삼차원은 조물주 후손들이 사신다.

지구나라 일차원은 사람의 역사로 보면
남자는 옥황이요 여자는 용녀인데
조물주 아들딸 모시는 천사장 부부다.

이들이 지구를 탐내고 지구에 온 것인데
용녀는 8년 기도 단을 쌓고 다시 올라가고
옥황 이는 천사장이니 신성인데

고릴라와 결합되어 우리가 반쪽은 고릴라
후손이다. 이것이 타락인데 죄는 이들이
짓고 조물주 아들딸에게 뒤집어 씌운 것이다.

과학자들은 인간이 진화되었다 하지만
생명체는 유전자의 수수 작용에 의해
태어나는 것이고 인간들 얼굴에 아직도
고릴라의 탈이 남아 있다.

생명선은 영원한데

본래 인간의 생명은 생명선의
공기 바람 산소가 안 없어지고
영원한 것처럼 영원하여야 했었다.
공간을 보면 식물만도 못한 것 같다.
식물은 기후가 높은데 가면 만발한다.

그렇다고 한국은 기후가 내려갔다고
죽었는가? 살아 있지! 뿌리는 살아있고
옷만 벗었을 뿐이다.

잎사귀는 옷이고 인물이다. 이런 자연을
생각하면 반성하고 좋은 마음을 가져야
할 것 같다.

자연의 만물과 산소의 생명선은 영원한데
바보 같은 인간들은 원래 죽는 것만 보고
살아서 죽는 것이 기정사실화인 줄만 알아
멍텅구리같이 보인다.

사람이 죽으면 공기 산소 바람도 있었다가
없어졌다 그래야 하지 않는가?
공기 산소 바람의 생명선은 영원한데 인간만
죽는 것이 왜 그런지 이상한 일이 아닌가?

하늘과 대적하다.

조물주님 가족을 모시는
천사장 옥황 용녀 부부는
천사장 종의 신분을 망각하고
결혼 승낙 전에 생녹별 이라는
아들을 낳았는데 바로 옥황상제다.

조물주 아들딸님은 쌍태로 8남매이시다.
지구의 주인 셋째 아들딸 공간을
주인이 오기 전 옥황 용녀가 내려오며
내가 지구에 가서 죽게 되면

큰아들 생녹별에게 옥황상제라는
명을 주고 지상을 통치하라고 말하고
이 땅에 내려왔으나 고릴라와 결합하여
그 죄로 980여 년 살다가 화병으로 죽었다.

이것이 죽음의 역사 시작이다. 하늘은
죽는 게 없다. 죽을 생명을 왜 탄생시키나
하늘은 오래 살수록 젊어지는 환경이라
불변의 완벽이다.

이 죄인들 때문에 본래 생명선이 12선인데
지구에 7선을 거두고 5선만 지구에 돌아가니
여기 365일이 하늘은 하루이다.
일 월 해가 시간이 다르다.

그래서 물소리도 통곡하고, 바닷물도 파동치고
사납다. 하늘에 바다는 음악 소리가 나고 찬란하다.

참 공적의 사랑

자연을 보고 혼자 공부하며 공간을
비추어보니 참 공의의 공적 사랑이다.

이 공간을 보니 어디 공간이 하나
더 있는 것이 사실이다 느껴지며

이것을 이루시기 얼마나 애쓰시고
수고하셨을까? 이런 것을 생각했을 때

가슴이 짜르르 느껴져야 천륜의 천정이
조물주하고 가까울 수 있는 정이 들어야지

그런 생각도 않으면 멀리 떨어져 있게 된다.

조물주의 조화체 에서 당신 아들딸이
나타나신 분이 일심 일치로 똑같지만
모든 일을 운세로 하시리라.

자신이 죄를 불러일으켜

금빛 은빛 찬란했던 지구 공간에
천사장 옥황 용녀가 원죄를 불러
일으켜서 오염된 지구인데

살아있어도 죽은 자와 살아 있으며
천상천하 조물주 귀한 보좌의 혈통님들
하고는 딱 분리되어 있는 세상이다.

수 억 년 넘는 비극이 생녹별 옥황상제는
옥황이 자기 부친의 잘못 한 것은 생각지 않고
자기 아버지가 임금같이 생각하고 모든 것
창조해 낸 착각에 혼동을 일으킴이 통탄할 일이다.

죽은 자가 살 수 없고 살고자 애쓰지만
착각을 일으키니 다 죽을 운명이로다.

멋대로 속단하다.

무지한 인간들한테 새 말씀을 내려도
귀함을 알지 못함은 썩은 자요 죽은 자다.

신선한 데는 신선이 있지만, 썩은 데는
오염되어서 전부 균으로 뭉치고
벌레 같은 인간들이 하느님 아들딸님
죄를 졌다는

아주 멋대로 속단하고 판단해서
죽을 날이 머지않다는 생각이 든다.

이 죽은 자가 천정을 알려주어도
자기 천륜을 찾을 수 없으므로
사랑을 받을 수 없고

죽고자 하는 자는 살길이 열리고
살고자 하는 자는 죽을 수밖에
없는 것이 지상 인간들인 것 같다.

새봄을 향한 움 추림

새해 병신년 2016년 1월 6일
소한의 계절 따라 때맞춰 막바지
대한의 추위에 절정을 장식하고자
동장군이 시동을 거는 듯하다.

며칠 수 대한이 지나면 운세가 꺾이고
입춘이 밀고 들어오니 인간들이
살기 좋은 따뜻한 꽃 피고 새우는
새 봄날이 올 것을 예고하는듯하다.

땅속에서 식물들은 극한 엄동설한을
버티기 위해 온 힘의 열기를 발산하여
때를 기다리며 다가오는 봄바람의
침을 주는 바람이 찾아와 눈을 틔어
주기를 기다리고 있다.

그들도 새해 새봄 새싹 새 꿈과
새 꽃으로 인간들에게 보여주려고
준비하고 있는 것 같다.

순리의 일심 일치

천지 창조 창설자 창조주는 조화체요
무한체요, 만족하고, 흡족하는
영광을 누리며 사는 세상이다.

귀한 천륜의 사랑은 공의 공급되고
무한정하고 정이 첫째로 중심이 완벽함으로
사랑도 완벽함이요 천정의 정도가 불변이므로
죄악과는 관계가 없고 침투할 수도 없다.

정신이 밝고 모든 것을 자유자재 하셔
이루어놓은 학문과 법도와 순리의
일심 일치 자유가 완벽하고

마음에서는 진지한 이성의 사랑도 무한정하고
마음의 이성 사랑은 음과 양이 겸비되어
주체와 대상이 마음에서 완성된 부부의 사랑을
맺어도 합류 일치로 자유롭다.

천륜의 정도의 사랑은 천정에서 일어나는
공의 공급 사랑으로 천정과 사랑이 불변이요
이것이 존재 인들이다.

동화 작용 일치

음양의 이치가 천지간 만물지중으로
되어 있어 음양과 상대 조성 결합한다.

정신의 사랑과 천정에는 죄가 없다.
정의 사랑은 공의 공적의 공급의 사랑이요

마음에는 이성의 사랑과 음과 양을 가지고
인간도 상대를 조성하고 수수 작용이
일어나 동화작용 일치한다.

사람과 식물과도 동화작용을 한다.
식물을 먹고 사니까 모든 것이 자연은
모두 천륜의 연결이 된다.

이 공간은 조물주 공간이기 때문에
운세 따라 처리하시는데 눈치 빠른
사람은 빠르게 운세를 바라보며
느낌을 느낄 수 있을 것이다.

혼돈의 착각

천륜으로부터 온 육신은 소중하지만
정신과 마음도 가다듬어 고쳐먹고
인간은 너무 어둠 속에서 광명을
발견치 못함으로써

항상 마음에 갈급을 느끼고 혼돈에
착각을 불러일으켜서 혼비백산하는
자가 되고 갈팡질팡 하며
진퇴양난 자가 되었은즉

천륜의 천정의 무언 무한한
영광도를 누릴 수 있는지
스스로 생각해 볼 일이다.

거듭나지는 못 하지만 중생한다는 것은
천주의 새 말씀 듣고 혼돈에 착각 말고
잡음을 불러일으켜서 죄악의 요소를
선택해서 죽음을 항상 가깝게 하지 말라는
뜻으로 죄를 지으면 죽음에 이를 것임을
이르는 말일 것이다.

순리로 찾자

천륜을 찾으려면 인간 시조가 풀지 못하고
간 것을 후손이라도 순리로 찾아서 천정의
천도가 완벽이기 때문에 천륜을 따를 수 있는
귀한 자가 되어야 할 것이다.

조물주도 조화 체의 능력을 갖추고 가만히
있으면 무엇 하겠는가? 그 귀하신 분도
꿈이 있고 미래가 있고 목적과 목적관이
완벽하다.

미래 꿈과 목적관이 확고부동해 마음대로
능력을 갖추었기 때문에 조화체를 이루고
본즉 형상이 되셨더라.

형상이 된 후 활동할 수 있는 권능자가
되셨을 것이리라.
이루어놓은 광경의 광명이 눈이 황홀하고
귀가 새로우며 웅대 웅장 거대 거창
엄청나게 두려우면서도 찬란하였다.

분과 초가 정해져

천륜의 운세는 때는 임박하고
시간은 촉박하고 분과 초가
정해져 있을 것이다.

대환란 때가 분명 오면 가르고 쪼개고
나누어 전부 없앨 것은 없앨 것 같다.
인간 하나가 소소하게 떠든다고
그런 것 상관하시겠나?

죄를 눈으로 지으면 눈으로 받을 것이요
손으로 지으면 손으로 받을 것이요
하늘성에서 필름으로 감아 가기 때문에
용서치 아니할 것 같다.

왜 천륜의 천정은 거짓이 진짜 될 수 없고
진짜가 거짓됨이 있겠는가를 헤아려 보잔
말이니라.

지구가 맨 처음의 옛 동산으로 재생을
위하여 불물이 녹아 균과 같이 다
쓰려져서 깨끗이 청소해 버릴 날이
언젠가 올 것이 아닌가 싶다.
운세 따라 처리하기 때문이다.

겉과 속이 다른 나리

햇님은 왕이나 거지나 모두에게
공적에 공의에 공급의 사랑으로
인간들과 식물 모든 생물에 빛과

광선으로 생명의 원천의 양식을
생산할 수 있도록 참 인자하고
변함없는 은혜 자이시다.

그러나 만물의 영장이라 말로만 하고
어느 고관 나리는 자기 부하의 급여를
일부 되돌려 받아 경비를 썼다니

본인은 몇 배의 세비를 받으며
세상에 이런 일이 말로만 정치를
공의 공적에 민복을 위해 일한다지만
속은 검은 비굴한 행동을 하며

얼굴을 들고 다닌다니 뉴스를 듣고
민초들은 한 숨소리만 나고
그러니 사람이 자연만도 못하다는
말이 나올만한 일이다.

운세 따라가는 걸

생명의 근원은 조물주 천륜의 천정으로
자연으로 연결되어 있음은 참 귀하다.
천륜과 가까워지려면 조물주의 수고의
애쓰심을 자연을 보고 터득하여야 한다.

천륜의 천정은 잊을 수도 버릴 수도 없다.
천정이기 때문에 귀중함인데

교회가 성경을 떠나지 못하고
불교가 불경을 떠나지 못하고
유교가 유법을 떠나지 못한다.
이 모두가 흘러간 추억의 죽은 역사다.

해가 서산에 지는데 해를 잡을 수 있나?
해는 서산에 저가고 갈 길은 먼 인간들
운세 따라 때가 오면 조물주 아들딸님
타락의 모독죄 안 보여줄 수가 없으리라.

모독한 것만큼 받을 날이 운세 따라
온다는 느낌을 받는다.
자연 만물을 보고 진리를 깨달음이
하루아침에 되는 것이 아니다.

달라고 빌지 말라

하늘과 땅이 저절로 생겼느냐
옳은 것은 옳은 대로 천륜에
입각해 있지만, 죄는 변할 수가 없다.

사람이 왔다 간 성현이 주인 줄 알고
땅을 치고 밤을 새우며 달라고 빌고
통곡하면 귀신들이 주는 것을
조물주님으로 착각하는 것이
어리석음이라.

진심으로 믿고 따르는 자
살펴주시는 것 당연지사요
달라고 빈다고 주는 것도 아니요
달라고 안는다고 안 주는 것도 아니다.

어디 태양이 저절로 왔는가?

화락 화진 도도 열이 가해 진도가 있고
평창 되어 광대 광범한 화학이 있다.
자연의 진실의 천연의 천륜을 항상 잊지 말자.

느낌을 느끼다

여태껏 살면서 땅이 갈라져 죽고
태풍으로 집이 날아가 죽고
넓은 바다에 큰 산만한 파도가 누굴
삼킬 것 같은 사나움을 준다.

왜? 성난 이유를 느껴본다. 통곡하는 소리다.

중동의 어느 단체는 사람을 납치하여
납치극을 벌이며 사람 목숨을 파리
때려 죽이 듯 세계인을 향하여
테러를 강행한다.

강대국들은 무기로 힘자랑하고 하늘에
전투기 띄우고 바다에는 군함으로
시위하고 공포 분위기를 조성한다.

하늘의 삼차원 공간은 바닷물도 음악 소리요
먹지 않아도 코의 진미로 영양이 공급되고
상하가 질서 있고 조물주의 조화체의 자비와
철학이 넘쳐흘러 공의 공적 공급의 사랑이
무한하다.

지구는 인간 시조의 잘못으로 이 긴
슬픈 터널을 언제나 지날까?
자연도 통곡하고 성이 많이 나있는 듯하다.

생불이시다.

조물주는 하느님 즉 생불이시다.

생불이란 영원히 늙지 않고
젊은 그대로라는 뜻이다.

생명이 있음으로써 힘을 가지고
자유자재 활동을 펼 수 있고
전진 자유 한단 말이다.

하늘의 학문은 지상 학문과 같지 않고
도술 진문이 학문인데 그 학문을 가지고
살 수 있는 힘의 자유자가 되어있는 분들이다.

지상에는 균으로 뭉쳐 있어서
가을 봄 추울 때는 잎이 떨어지고
봄 되면 잎이 만발하여 확장되지만

하늘은 수 억 년 넘어도 항상 젊은
그대로 존재하니 불별 불 생불이시다.

마음을 갈고닦자

정신일도를 함으로써 정신이 바를 것이요
마음에 문을 활짝 열어 마음을 갈고닦음으로써
그 체가 아름다운 것이다.

이 세상은 악한 죄를 저지르는 자 많은
환경의 지배인이 되어있는데

세상은 예수가 돌아오기를 바라고
불교는 다시 부처와 미륵불이 오기를 바라고
유교는 정도령이 오기를 바라는데
그것은 정바른 이가 오기를 바라는 뜻인데
그러나 죽은 자가 오기는 어려울 것 같다.

항상 차분한 마음 건방진 마음을 버리고
나를 낮추고 사람 깔보지 말고
천륜을 잘 믿으면 무한한
복도 받을 수 있는 길이 열려있지만
그 길을 보고도 못 가는 사람이 많은 것 같다.

사자님이 귀신인 줄 아나?

저승사자는 천사장 모시는 천사장이다.
사람이 죽으면 사자님이 정신과 마음을
넣어가지고 가서 자기가 산 필름을 보고

잘못 한일 필름이 증거하니
불 속에 가야 하고
기름 속에 가야 하고
가시밭길도 가야 하고
그게 지옥문이다.
지상에서도 죄를 지으면 수갑 채워
구치소 보내는 것과 똑같은 것이니라.

선덕을 쌓았다면 좋은 연꽃 자리하는데
연꽃도 가시연꽃이 있고
기름 연꽃이 있고
빛 연꽃이 있고
아름다운 연꽃이 수억 천만 가지가 된다.

보살들도 빛나는 연꽃에 가는 자도 있고
행함에 따라 가시연꽃이 시곗바늘같이
많이 있는데 끌고 다니는 것도 있고
사람 죽인 자는 불 속에 들어간다.

심술이 사망을 이룬다.

인간은 시조의 탐내고 욕심을 본래 타고나
심술 같은 것을 가지고 있다.
심술은 사망을 이루는 것이요

도를 실컷 해 놓고, 수 십 년 해도
심술을 내면 하루아침 와르르 무너진다.

시기 질투하지 말고
욕심내고 탐내지 말고
심술 가지지 말고

좋은 일에 몰두하고 좋은 정신으로
자연의 천륜의 무한정한 천정을
생각하여 신선한 자가 되어보라.

창조주의 영광의 날이 분명히 올 것인데
환란 직전에는 해는 저물어가고 갈 길이
멀어 이미 때는 늦는 일이 올 것 같아
걱정스럽다.

작은 데서 큰 죄가 일어난다.

오해하고 시기 질투하는 작은 데서
큰 죄악이 일어난다. 좁고 짧은 학문을
가지고 조물주를 찾을 생각을 하지 말고

원인이 결과로 나타난 자연의 순리의
법칙을 생각하고 올바른 정신과 마음으로
찾았을 때 영광이 이루어질 것이다.

피조 만물은 결백하고 아름답고 거룩하고
소박하고 순수하고 참된 마음속에서
참됨을 깨달아야 하지 않을까 싶다.

헛된 마음은 붕 뜨고, 큰 그릇이 되어야만
담을 수 있고 그릇을 준비했더라도
구멍이 뚫리면 다 샌다. 왜 그럴까?
정신과 마음이 옳지 못하기 때문에
새 버린다.

주인의 생애도 모르고 산다.

조물주가 만들어 놓은 땅에서 살면서
그분의 생애의 공로를 발견치도 못하고
생각 없이 사는 것은 그분과는 먼 거리
떨어져 있는 것이요 그분의 생애는
천주의 새 말씀이다.

하늘의 공간은 영원토록 사는 공간이요
지상은 인간 시조가 죽음의 시초가 되어
죽었으니 죽은 역사로 분리되어 있다.

엄청난 큰 공 같은 원안에 4차원 공간을
창설하고 3차원 공간의 하늘은 조물주의
후손들이 사는 공간이요
이 지구 중앙 공간 1차원 공간은 옥황이가
주인 것을 탐내고 자리를 잡았은즉

언젠가 하늘에 있는 공간과 일과 월과 해를
일치할 수 있도록 재창조할 때
마그마의 불물로 뒤집고 빛으로 치고
광선으로 바람으로 쳐서 균을 전멸시켜
새 단장하는 날이 올 것만 같다.

나는 나를 알았다.

조물주는 나는 나를 알았지
나에게는 미래의 꿈이 확고하고
목적과 목적관이 완벽하고
4차원 공간의 궁창의 궁극의
목적이 내 뜻이라고 말씀하셨다는
수 십 년 전 천도문님의 나의
스승님의 생각이 난다.

학문이 완벽하고 불변되어 있음으로써
자유자재할 수 있는 법술이 완벽하고
법술하고 법화술하고 천지 익도술하고
완도와 완도술하고 술이 무한정하다.

이 지구 땅은 인간 시조 옥황이의
죄인의 후손들이 사는 세상이라
원죄의 씨를 번성하기 때문에 인간들
탄생은 반가워하지 않을 것 같다.

참 사랑을 하면 좋은데 어둠 속에서
발버둥 치며 타락하여 죄의 씨를
번식시켜 놓으니 조물주님이 좋아하실
리가 없겠다 하는 생각이 든다.

인간만 파가 있는 것 아니다.

조물주는 천지간 만물지중의
무한정한 중심체요 조화의 중심체요
둘도 없는 하나다. 그래서 하나에
사랑 "님" 자를 붙여 하느님이라고
부르는 것 같다.

공의 공급해낼 수 있는
공적의 사랑을 지녔단 말씀이다.
현재 현실에 중심체요 무한한
조화체로 형성을 이루셨다.

인간도 파가 있듯이
조물주도 근원 근도 원 파에서
정신 마음 음양 생명 힘
5가지 조목의 요소를 지니고
있으니 천살을 지니고 태어나셨다.

천살은 밝고 맑은 핵심의 진가요
신설선과 빈설선과
신설분과 빈설분과
신설과 빈설로 이루어진
찬란한 조화가 무궁 무지
하다는 뜻이다.

혈통 번성을 기뻐하시다.

조물주는 위치가 있고
명예가 있고
권세가 있고
권능이 있고
능력을 갖추어 베푸는
공의 공적에 공급하는 사랑체인데

사랑의 중심체요
힘의 중심체요
천지간 만물지중에 제일 가는
조물주가 살아계신 것 아닌가?

살아계시니 죽은 자들이 사는 것이요
일 획 일 점도 더하고 덜 함 없는 말씀이다.

주물주님도 내 혈통이 번성함은 제일
귀하게 생각하고 사랑하신다.
탄생하면서부터 상통의 천문을 보고
하탈지리를 보고 조화 체에서 나타남이
가장 귀하다.

동물과의 결합

조물주님의 작품은 불변이요 완벽이다.
수 억 년이 넘었어도 하늘의 후손들이
항상 젊은 얼굴 그대로 변함없는 세상이다.

주인도 아닌 인간 시조 옥황이 가 지구를
탐내고 내려와서 고릴라와 결합한 죄악의
씨앗이 수 억 년이 넘었다.

죄악의 죄인들이 번성함은 좋아하실 수 없을 거야
사람도 아니고 동물도 아닌 이상한 사람이라 하신다.

지구의 주인 조물주 셋째 아들딸님의 땅을
주인이 오기 전에 탐내고 욕심내어 지구에 와서
타락 죄를 져서 죄의 씨앗이 번식되어

평화로운 조물주의 가정에 또한 비극이요
인간에게는 비참한 죽는 역사가 처음으로
생겨난 슬픈 일이다.

보이지 않지만 분명히 존재한다.

보이지는 않지만 분명히 존재한다.
무형의 공기 바람 산소들이 없으면
안될 상황이요 생명줄이 없어지기
때문이다.

인간도 두뇌가 있고 귀가 있고
입이 있고 손발이 다 있는데
눈이 없어 보라 답답할 거다.

입 없으면 말 못해
코 없으면 냄새를 못 맡아
귀 없으면 듣지 못해
눈만 있으면 무엇해

뇌 지능과 얼굴이 오향 정기인데
양쪽 좌청룡 우백호가 수상 골상
관상 오향 정기가 뭉쳐서 있는데

인간은 옳지 못한 전류가 흐르고 돌고
인간 시조의 본능을 닮아서 시기 질투
탐내고 욕심내고 투기 쟁투와 사람의
존엄을 갖추지 못한 자들이 권세와
권력자가 되었으니 공포 속에 사는 것이다.

외국으로부터 사막이 온다.

세상 돌아가는 운세를 느껴보면 조물주도
지금 때가 오기를 기다리고 지구를 청소해서
성별 시켜 귀한 지상의 지구 땅 낙원을 만들어

하늘의 3차원과 지구의 1차원 이 4차원 공간이
일심 일치를 이루시려고 기다리는 감을 느껴진다.

왜 인간 시조부터가 죽을 짓을 했기 때문에
조물주하고 상관이 없는 일이다.

그분을 냉정하다고 할 것이 아니고 이 세상
인간은 냉정하다는 것만 잊지 말아야 할 것 같다.

종교는 어둠 속에서 살면서 사람만 전도하면
할 일 다 하는 줄 알지만, 옥상 상제 생녹별을
믿는 것인지, 조물주를 믿는 것인지, 천륜의
자연을 보아 외국으로부터 사막이 확장되고
빙하가 녹는 현실을 보아 운세 따라 깨달음을
느껴야 할 것 같다.

고정시키는 자력의 힘

천지간 만물지중을 자유자재하시는 조물주께서
공기 바람을 거둬 생동 진공이 설치되어있다 해도
자력이 잡아당기고 중력의 힘이 밀고 치지

자력에 세내 조직파로 잡아당기지 진동치는 소리
진동치는 소리 천둥 치는 소리 마주치면 술과 술이
일어나면 정신을 차릴 수 있겠나?

지금 지구가 흔들리는 진동을 자석 전이 작용하니
자석의 힘이 고정시키고 자력이 짝 평창 되어 달라붙어
가스가 나오고 터지고 일어나고 공기와 바람을 거두면
압력이 합쳐져 터지고 일어나고 정신이 없어 살겠는가?

율동하니까 흔들리는 진동을 고정시키니 살 수 있지
요란스러운 소리를 진공이 잡아가니 살 수 있지
그러므로 4차원 공간의 생명의 줄은 조물주에게
달렸고 그분의 마음이지 인간의 마음이 아니다.

인간의 역사는 수 억 년이다

어느 성서에 육천 년 역사라 한다. 과학자들은
오랜 세월이 흘렀다 한다. 조물주 말씀하시기는

하늘에서 원죄가 수 억 년 지상에서 인간 시조
옥황이가 고릴라와 타락 후 수 억년이 넘었다.

수 억년 또 수 억년 세월 속에 조물주님이
능력이 없어서 참고 계심도 아니요 조화체가
조화를 부리면 얼마든지 없앨 수 있지만

옥황이의 죄인의 후손들 중에 조물주의 생애의
공로를 천륜의 자연의 이치를 보아 발견할 때까지
기다려 주신 것이다.

이런 거짓말을 어떻게 하겠는가?
태양이 지켜보는데 이것을 발견하여 말씀으로
남기고 떠난 분이 필자의 스승님이신 천도문님이
30여 년 전 남기고 가신 귀한 자산인데 시로서
요약 발표 선포한 것이다.

선사시대 전의 역사

선사시대 전에는 천리라는 사람과 홀리라는
사람의 3대를 지나 첫 별이 세별 이를
지나서 옥황이 용녀가 지상에 내려와

용녀가 조물주의 배신한 죄를 용서를 빌면서
기도 제단을 쌓아 비는 것이 처음 생긴 것이요
빈다는 것은 득죄인 이라는 증거요

천륜 적으로 느꼈기 때문에 합장 배례하고
두 무릎 꿇고 빌고, 용녀는 하늘도 올라가고
인간의 역사는 옥황이가 고릴라와 결합 후
수 억 년이 넘었다.

하늘나라는 비는 게 없고 자유스러운 세상
빌고 바랄 것이 없어, 달라고 하기 전에
자유 자재하니까? 누굴 의지하고
이런 것도 없고 조물주님 잘 모시는 일밖에 없다.

우린 볼 수 있는 눈이 못 된다.

우리는 정신과 마음이 캄캄하여 조물주도
볼 수 있는 눈이 되어 있지 못하다.

눈만 못한 것이 아니라 정신과 마음은 물론
몸이 성화 되지 못한 신선하지 못하여 못 본다.

지상에 있는 피조 만물이 사랑의 갈급을
느끼는 것은 사실이다. 왜냐? 옥황이 용녀
인간 시조가 죄를 저질렀기 때문에 세상이
외로운 길을 걸어야 하기 때문이다.

사실은 동물도 먹지 않고 살아야 비극이 없다.
먹지 않고 운감으로 살았으면 아름답고 서로
해칠 수가 없고 서로 화동체가 되어 재미있다.

새 나라도 보면 한 새가 무리를 죽일까 봐
인도자가 나서서 선을 긋는데 따라가 경계한다.

먹는 시작은 옥황 이와 고릴라의 결합 후 타락으로
먹는 일이 시작되어 먹음으로써 모든 내장에
병이 발생되는 비극이 시작된 것이다.

미물은 균으로부터 생긴 것이다.

하늘 3차원 저 공간은 하늘에 날 짐승도
금빛 은빛 갖가지 색깔이 호화찬란하다.
생물체는 먹지 않으며 살벌한 야생이
되지 않아 미물이라는 것은 전혀 없다.

지상과는 딴 세상이요 미물이란
균으로부터 생긴 것이다. 균이 없는 세상에
균이 어디서 생겨나겠는가?

하느님으로부터 생긴 원료가 상하여 또
균에서 진화법이 일어나 진화하고
미물이라는 것은 썩은 데에서 나타난 것이요

하늘 사람은 하늘에는 살벌할 필요가 없지
먹지 않아도 아침이면 진미선이 들어오니
코로 운감하고 영양소만 들어가니

먹느라고 애 안 쓰니 신선하단 뜻이다.
진미선이 온다는 것을 미리 다 알고
우리가 물먹으려면 물에 가면 있듯이
똑같은 것이다.

먹는 것 때문에 시간 다 뺏긴다.

하늘의 별개 이상 세계는 진미선이
때맞추어 오면 코로 운감으로 영양도
공급되어 만족 흡족 흠뻑 한 생활이다.

지상은 인간 시조가 옥황이가 고릴라와
결합 타락 후 먹는 것이 시작되었다.

먹는 것 때문에 시간 다 뺏기고 먹고
배설하고 사람도 아니고 동물도 아닌
이상한 사람 꼴이 된 거다.

좋지 못한 괴로움 욕심 시기 질투 심술
탐내고 욕심내고 옥황이 인간 시조가
주인 있는 지구를 탐냈으니 그 심보를
닮았다 얼마나 대담한가? 참 뱃장은 크다.

그러나 하늘의 천정의 천륜에는 그런 것이
절대 없다. 하느님 유전자로 천륜이 나타나
부모의 피를 닮아 전류가 흐르고 돈다.
그 유전자가 변하지 않는다. 바로 천륜이다.

그러나 인간은 반은 동물의 피를 받아
붉은 피가 흐르고 돈다.

천륜은 변할 수 없다.

조물주님도 당신 가정을 모실 천사장을
생불체 라는 빛 공 투명 입체 공간 안에
생동할 수 있는 세부 조직망이 다 들어
있는데 이 공간 안에 점지하여

차차 성장되어서 짝 벌어지며 천사 장 부부가
종으로 옥황 용녀가 쌍태로 태어났다.

탄생하면 다시 오므라져서 생불 체로 돌아간다.
이런 것이 새 말씀이 아닌가? 종으로 태어날
옥황 이와 용녀를 조물주가 점지하시고 그 분

아들딸님과 같이 좋아 어쩔 줄 모르고
쥐면 깨지고 불면 날아갈세라 이 속담이
여기서부터 나온 말이다.

공을 꽉 잡으면 터질 것 같고, 불면 힘이 세니까
날아갈 것 같고, 가만 놓고 보고 즐거워
어찌할 줄 모르셨다 하셨다는 말씀이다.

천연의 바람

조물주가 주는 바람은 정기에서
오기 때문에 뜨겁기는커녕
시원하고 상쾌하다.

선풍기 바람은 오래가면 뜨거운
바람이 나온다.

이러한 공기 바람이 저절로 왔는가?
절대로 저절로 안 되지!

조물주님께서 준비해서 내신 것이고
그분으로부터 피조 만물이 생겨났는데

이제 처음이자 마지막으로 강림하셔
이 공간을 그분의 셋째 아들딸님의
여호화 하늘새님 과 천도화님께
인간은 돌려 드려야 할 날이

100여 년이 갈지는 우린 알 수 없지만
머지않은 운세가 점점 가까워 오는
느낌을 느낄 수 있다.

점지하니 전진한다.

조물주께서 종으로 천사장 부부를
생불 체 투명 입체 공간 안에 점지해 놓고
희한하게 사람이 되거든

머리가 되고 손발이 되어
꿈틀거리고 참 신귀하신 거야
바로 점지하니 전진하고
확정한 자리에서 확장 확대되어
번성해 나가는 것이다.
이것이 바로 천륜이라는 내용을 알고 살자

뱀이 뱀 낳지 딴것과 대하면 반만 닮아서
이상하게 나오잖아? 그게 괴물이라고
하는 것이다.

인간 시조 옥황이가 고릴라와 결합하여
사람을 낳으니 괴물이 나온 것과 똑같은
말씀이라는 뜻이니라.

여하튼 인간도 조물주님으로부터 생명이
출발했는데 옥황 용녀가 죄를 안 졌으면
원죄와 타락의 무서운 죄를 짊어질 필요가
없었을 것인데 우리가 계속 대를 이어
연대 죄가 내려오는 것이다.

연대 죄란?

우리들 인간 세상도 조상들이 악한 일을
많이 하고 남을 음모하고 음해하고 하면
후손들이 탕감을 받는다.

우리들도 인간 조상 옥황 용녀의 원죄의
타락 죄로 후손인 우리가 고통과 탕감을
받는 것과 같다.

남의 재산을 많이 먹으면 후손이 고생하고
그만치 물질의 덕을 못 받는다.
그래서 사는 것을 보아 자기 조상의
덕이구나 하고 말들을 한다.

그것이 바로 연대 죄다
자기 스스로 짓는 죄는 잡음 죄
죄 투 성이로 복잡한 공간에서

얼마나 생명선이 없는가?
과일이 없나, 식물을 안 먹나
물을 안 먹나, 안 주신 것이
뭐가 있는가?

자연의 천륜의 천정을 느끼며 무한히
죄인으로서 감사하며 살아야 할 것 같다.

알곡을 창고에 거두는 시대

조물주님도 이 시대는 새 말씀을 선포하는
시대인 것 같다. 하느님 생애의 공로가
운세 따라 등장하셨다는 것이다.

과거에 선지자가 왔을 때 율법만 고집하다가
새로운 복음의 교훈을 배척하여 고생만 한
과거가 있다 경전에 한 글자도 고치지 말고

더하고 **빼**지도 말라는 말에 고집과 집착을 하면
대원군의 봉쇄 정책과 같이 한 발짝도 전진 못한다.

새로운 말씀을 듣고도 흘려보내면
알곡이 되지 못하고 쭉정이가 되어
바람이 불면 날아가 버리는 것 아닌가?

조화체 조물주가 이루어 놓으신 구성 구상 체를
알아야 창조 창설 창극의 이치를 우리도 알아야
마음에 준비를 할 수 있을 것 같다.

부처님을 믿으려면 부처님의 생애를 알아야
하는 것처럼 자기가 인내 극복해서 정신을
닦듯이 우리도 조물주님이 피골이 상집토록
애써 놓으신 그분의 생애 공로를 자연을 보고
느껴야 하지 않을까?

은혜를 모르면 사람이 아니다.

조물주님은 70년 초 귀한 생애의 비밀을
천도문님의 의인을 통해 새 말씀을 지상에
강림하셔 주셨기 때문에 생애 공로를 알지
어떻게 알 수 있겠는가?

그분은 하늘나라로 떠났어도 글로써 남아
천연의 자연을 보아 조물주님 아들딸
8남매와 그 후손들이 3차원 공간에
살고 계신다는 것을 알게 되었다는 사실이다.

천연의 자연의 천륜을 보아 느껴야 하고
지금은 강림의 모심의 시대, 선포의 시대
알곡을 창고에 거두는 시대요,
정신과 마음을 하루빨리 갈고닦아서
중생해 나가야 한다.

하느님 눈이 광명인데 채점을 하고 필름이
하늘나라 필름성에서 낱낱이 감아가니
꼼짝 못 하는 시대다.

천륜을 듣고도 의심하고 확신 못 하면
짧은 시간에 도를 할 시간도 없고
하루빨리 마음에 안식을 가져야 할 것 같다.

마음 문을 열어 안식을 갖자

조물주님의 전심전력을 다 쏟아
정신 일도의 애쓰심을 생각하여
인간도 정신 문을 활짝 열어서
마음 문을 열고 편안한 안식에 거하면

천연의 자연의 천륜의 천정을 느끼며
공부할 수 있는 자세가 된다.

마음이 편안해야 공부가 되지 떠들고
막말하는 곳에서는 안 된다는 것이리라.

조물주의 천륜의 천연의 자연을 보아
믿고 따르는 자는 최고의 그분을
의지하는데 복을 받을 것이요

천국이 그분 것이기 때문에 너의 것도
될 수가 있다는 것은 잘하면 갈 수
있다는 것과 같다는 것일 것이다.

하는 대로 보여 주신다

자연의 이치와 천정의 천륜의 애쓰심을
간절히 생각하고 이 엄청난 공간을
이루시기 얼마나 힘드셨을까? 생각하며

진정한 정성을 다하여 100일 정성을
진심으로 통한다면 잠깐 보여주실 수도
있지만 눈이 황홀하고 정신이 없을 것이다.

옛날 천도 문님 스승님께서 조물주님께서
나타나셨는데 그 곁에는 독수리같이 보이고
돼지 같은 것이 움츠리고 있어 저것은
무엇입니까 물으니 그게 바로 너의
모습이니라. 하셨다고 들었다.

인간은 그분들이 볼 때 짐승 같은 수준이구나,
반성을 하셨을 것으로 예상이 된다.
오히려 이럴 때 그분을 원망하고 오해하면
머리가 바보다 생각을 하셨다고 하시더이다.

물과 유주는 주인이 있다

이 공간의 주인은 조물주 하느님이시다.
종의 신분의 옥황 이와 용녀가 이 땅에 내려
주인의 땅을 황폐화되게 망쳐 놓았으니

주인한테 돌려줘야 하고 조물주 셋째
아들딸님은 이 지구 공간을 옛 본연의
동산으로 재창조하여 균을 마그마로
빛으로 광선으로 핵으로 쳐서 원상
복구할 것이다.

하늘에 비행기를 치라 라고 하는데 여기
전투하는 비행기처럼 한 번만 지나가면
싹싹 녹아 없어져 버리는데

단추만 눌렀다 하면 인간이 이 소리로
어떻게 될까? 얼마나 어리석음인가를
생각해 보면 알 수 있을 말일 것이다.

지상의 생명선은 5선이다.

하늘과 인간의 차원은 너무 다르다.
4차원 공간인데 3차원 공간은 하느님
후손들이 번성하셔 사시고

1차원 지구는 죄인들이 사는데
생명선이 하늘 공간은 12선이요
지상은 인간의 타락으로 7선을
거두어 5선이 돌기 때문에

일과 월과 해가 다르다.
하늘나라의 하루가 지상은 일 년이다.
만약에 인간이 하늘나라의
태양을 받으면 눈이 멀어 버린다.

탄광 속에서 한 달 갇혀 있다가
빛을 보면 눈이 멀듯이 눈의 시신경이
빛을 받으면 인간은 녹아버린다.

어둠 속 지상 인간이 별안간에 밝은
태양이 나오니 눈이 딱 멀어버린다.
인간은 오향이 괴물 같은 이상한
동물 같은 모습으로 하늘 사람들의
눈에 보일 것이다.

사차원 공간이 존재하다.

천지간 만물지중의 이치가 완벽한데
사차원 공간이 있다 알려줘도 사람들이
믿지 않는다.

과학자들은 추측으로 생명이 어디 별에
사는지 혹성이 몇 개나 있는지 자기들이
느낀 바가 있기 때문에 연구하지만
사실은 가야 천판이기 때문에 사람이
살지 못한다.

이러한 신비한 새 말씀을 천도문님
스승님이 발견하셨는데도 고개를
갸웃 둥 하는 것은 수 천 년 동안
기존의 믿음에 매여 새것을 선포해도
알지 못 하여 지금은 몇 사람이라도
알곡을 창고에 걷어 들이는 때이다.

어느 날 이적이 일어날 때는 늦을 것이다.

중생을 할 수 있다.

자연의 공간을 보아 자연의 학문을
배워서 자기 정신을 닦아야 하고
반성문을 열면 중생을 할 수가 있다.

올바른 정신과 착한 마음으로 변함없고
야비하지 말고 거짓말 이중성격
비양심 쓰면 참 기가 막힌다.

진실과 순리가 통하는 데서
거짓말하면 하늘과 통할 수 없다.
천연의 자연의 천륜을 모르는데
인간은 부끄러움도 몰라
하늘을 실망시키지 말라.

조화체분 하느님께서 우리를
상관하시니 참 생각하니 귀 하구나
너무나 귀하다 감사하는 마음이
우선일 것 같다.

인간이 한심하다.

천연의 자연의 순리의 이치로 보아
붕 뜬 거짓말 버려야 한다.

절에서도 석가님 말씀을 늘 당상에
앉으면 말씀을 한다. 말씀을 할 때
사람의 마음을 포근하게 해서 고개를
숙이게 만든다.

말만 들어도 영체인데 왜 그럴까?
대법 사들이 말씀하실 때도 말 한마디 하고
땅 치고 한다. 왜 그럴까?

노스님들이 정신을 갈고닦은 사람들은
인간들을 보면 전부 한심한 거야

이 말씀을 주어도 저 사람들이 알기나 할까?
한마디 해보자 딱 던지는 거야
그럼 그 말씀 듣는 자가 몇 사람이나 되겠나?
정신과 마음을 갈고닦음은 보이지 않으나
하늘과 땅 차이다.

샘물같이 쏟아지다.

조물주의 자연의 순리의 이치와 의미가
진리 체요 죄악의 타락 인간들에게
계속 지구를 그냥 두지 않을 것 같다.

주인 것을 종들이 차지하고 수 억 년
죄악의 씨를 번성하였기 때문에
죄의 씨가 지상에 번창하는 것을
좋아하지 않으신다.

때가 오면 시간과 분과 초를 어기지
아니하고 천주의 새 말씀이 샘물 쏟아
지듯이 쾅쾅 대포처럼 발사하듯
일어난다는 말씀이다.

순수하고 슬기로운 사람이 되어야 한다
어떤 사람은 능구렁이 같아 가지고
세상에서 해 먹던 것을 생명의 은혜 자이신
조물주님께 한다면 개망신 신세가 될 것이다.

교만 위치 명예 남이 알아주나

조물주님 천륜의 천연의 천정에 공의 공적의
공급의 사랑을 거울삼아 순리의 진실의 소박의
광명이 진심이어야 하리라.

남을 이용하지 말고 건방지고 남을 깔보는 것
절대 하지 말고, 교만 위치 명예 권세 권력 남이
알아주는 것을 해야지

내가 에헴 하고 이러면 아니꼽기만 하지
선생이 교과서를 제자에게 가르치는 것도
너무 뽐내고 해보라.

대학생들한테는 몰매를 맞을 것이다.
사람이 은혜로운 사람이 되려면
첫째 비양심 치우고, 겸손하고 순수해져라.

배울수록 순수하고 소박해야 은혜가
듬뿍 담기는 것이다.

학문의 근원이 나타나다.

과학과 학문의 근원은
조물주로 시작된다.
천지창조의 학문의
근원이 얼마나
조리 있고 정연 한가?

정신을 다해 정성을 들이면
정신 문이 짝 열리는 날이 오면
천연의 창조의 공간을 보면
실감이 날 것이다.

바람도 어떤 바람 부는가?
기후에 따라 찬바람이 불고
하지 때 뜨거운 바람이 왜 불까?
식물들을 감싸는 바람이 분다.

그 땅에 지기가 올라와 진도를
일으켜서 확장되어 평창 되어
성령으로 나간다. 영양소가 전부

뿌리로 받아서 잎사귀는 아침저녁으로
성령이 내린다. 참 조화로운 천지 창조의
조화로구나 느낄 수 있어야 한다.

입으로만 떠든다.

현재 현실로 인간은 지구 공간의
천지조화의 속에서 살고 있다.
공기와 바람이 전류가 흐르고 도는
조화 속에 살고 있지 않은가?

태양이 있고
중력의 힘이 있고
자력의 힘이 있고
자석의 힘이 있고
만유이력의 힘이 있고
만유워력의 힘이 있고
기체의 힘이 있고
모든 힘이 합류되어 있다.

전진 자유가 일획 일 점도 더하고
덜함 없이 선도를 펴서 부족함이
없이 공급을 해주고 편안한 안식을
통해서 감싸 주신다.

이렇게 하여 일용할 양식을 먹게 해주면
감사하다고 입으로만 나불거리지
그 선을 어떻게 펴서 생물을 길러서
먹게 해 주시는 것을 모르니
입으로만 떠드는 것이 아니겠는가?

힘이 일어나고 터진다.

조물주님은 정신을 창조해 내시고
정신에 따라 마음이 스스로 생기고
음양에 요소가 나타나셨다. 요소로만
안 되니까 생명이 붙음으로써
힘이 겸비한다는 것이다.

힘이 있어야 발사 발생 폭설이 나오고
조물주 당신은 전류가 흐르고 돌고
눈은 광명이다.

당신 마음대로 구성 구상해 창조 창설
창극을 이룰 수 있다. 정신과 마음은
천정을 이루고 주체와 대상이 주고받아
천륜을 이루었다.

인간은 생명은 분명히 있지만
우리의 생명은 조물주에 달렸다.
공기선만 거두면 생명이 없어지기
때문이다.

생명이 있는 곳에 힘이 있고
공기가 있는 곳에 산소가 있고
정신이 있는 곳에 마음이 있는
것과 같다 이것을 누가 부정하랴?

해운 년을 맞는다.

동서남북 천문지리 진전의 운세 따라
일 월 해는 돌아가고 공전되면 마주친다.
해를 맞는데 일 년에 해운 년 인간도
일진이 월 달이 좋다 해운 년을 탄다.

사람의 관상 골상 수상 복을 보고
오향 정기를 타고났다 한다. 하늘의
사람들의 힘살은 빛이 나는데 반짝
반짝 신선이 되어있다.

진리의 순수함으로 항상 진리 문이
설 수 있는 인내 극복 자가 되어
과학의 근원 학문의 근원이든지
항상 인간에게 영광 도를 주시려고

애쓰시는 애로를 알아드릴 수 있는
성현들이 되도록 인내하고 극복하고
하루아침에 고치기 어려운 것을 노력
하는 자가 되어야 할 것 같다.

자기 발등도 못 끄면서

사람은 잘난 척을 하는데 남이 잘 났다고
해야지 혼자 잘 났다 하면 누가 봐주는가?
그게 어리석은 바보라 칭한다.

옳은 말씀은 듣고 행함의 노력과 반성과
회개가 진실해야 하나 반복하니 제자리다.
조물주 아들딸님 죄가 없으시다는 천륜이
하늘에서 조물주님으로부터 내린 것이다.

인간은 동맥과 정맥이 붉음과 푸르무레한
피가 돌지만 하늘 사람은 전류와 전력이
반짝이며 이러한 천륜이 내린 것이다.

지도자가 자기 발등의 불도 못 끄면서
명예와 권세와 권력과 욕심내고 탐내고
시기 질투로 꽉 차서 옳을 말을 해서
가르치려 하지만, 말로만 해서 배신하고
사망과 죽음을 이르기에 아주 쉽다.

나라는 것은 없다.

세상에는 도를 깊숙이 한자는 나라는 것은
없다. 왜? 그럴까 겸손하기 때문이다.
거기는 윤리와 도덕이 완벽하기 때문이다.
법과 법칙이 분명하다는 이치다

진실한 마음으로 제자를 가르쳐도
안 듣는데 거창하게 소리 지르며
원리 논리 펴가며 설교를 해도 그

시간만 새뜻하고 떠나면 언제 봤더냐?
싹 잊어버리는 것이 인간의 생활이다.

존엄을 갖추어 존재할 수 있는 능력은
못 되지만, 겸손한 마음으로 나의 위치를
내가 알아서 당당히 처신하면 목적과

목적관을 펴갈 수 있는 환경을 만들 수
있는 창조자가 되어야 한단 말일 것이다.
온유 겸손한 자가 되어 달라는 교훈이다.

이적 속에 힘을 받는다.

지금 이 공간도 어디 무엇이 헛되었는가?
분명히 좌청룡 우백호가 응시되어 있고
명기 전이 작용하니 명기의 맥박이
계곡에서 튀고 있다.

맥이 뜀으로써 정기전이 작용하니
정기가 활동하니 흐르고 돎이 전지전능
하고 거룩 거룩하다 그 면적에 아름다운
힘이 힘 막과 힘 선이 평청 평창을 이루어

확대되어 슬기롭고 스릴 있게 층을 이루어
층막이 서로 상통 자유하며 이적 속에
힘을 받고 생명줄이 정해져 아름다운
각도가 꽉 차서 우리 몸속까지

압력과 압박을 안 받고 자유롭게 호흡할 수
있는 산소가 자유 한다는 것이다.
산 역사 속에서 생명을 가지고 존재할 수 있는
능력자가 되어야지 아무것도 갖추지 못 하면
나라는 것은 어디 있겠는가?

나를 버려라

천지간 만물지중을 거느리고
다스리고 사랑할 수 있는 귀한
자가 되어야만 효율을 나타낼
수 있는 자가 될 것이다.

효율 자가 됨으로써
은혜 자가 되고
사랑 자가 되고
자유자가 되고
분별 자유 자재원도 자가 된다.

나는 어디서 왔다가
어디로 가는 것을 알아서
나를 버려야 된다는 내용은
인간 시조로부터 물려받은

시기, 질투, 욕심내고 탐내고
명예 권세 권력을 가지려 한
좋지 못한 본능을 타고나서
모두 죽는 것이 끝장이다.

인간은 나라는 것이 없다

하늘나라에 신성님들은 진문 술
전진 자유술 이동 전진하는 것을
자유자재하니까 나라는 것이 있다.

그러나 인간은 나라는 것이 없다.
나라는 것은 도하는 시간에 버려야
나라는 것이 된다. 사람은 자기를
너무 모르기 때문에 어리석은 자가
나라는 것을 내놓는 것 같다.

우리에게 생명도 있지만, 조물주
하느님께서 생명선을 거둘 때
우리에게는 생명이 없다는 것을
알아야 할 것이다.

공기의 무한한 압력이 있는 가운데
산소가 활동하고 있어 인간을 위해서
성령의 가스가 터지고 일어나는

힘 속에서 살고 있음을 층과 층막에서
나타나는 모든 힘이 우리를 감싸고
있다는 것을 감사히 생각하자.

불덩어리가 고체가 되다.

우리는 천륜의 천정의 조물주께서 공간을
이루신 애쓰심을 생각하자. 발사하니
발생되고 사면에 불이 분산되고 열과 열이
가하니 진도가 일어나면 화학이 일어나
모든 진도를 펴나가더라.

그것이 하루아침에 식는가?
불덩어리가 고체가 되어서
지구를 낙원을 이루었는데
종을 한번 해 먹고 싶은 대로
해보라 보냈지만 돌아오기를 바랐는데

수 억 년 넘도록 지상에 역사가
흘러왔지만, 어느 때까지 옥황이의
후손들 악별 성 들이 해 먹으라고
놔둘 것 같지는 않다는 느낌이 온다.

분명히 때가 있고 시간이 분과 초가
촉각을 이루고 보면 운세가 오고
있다는 것을 느껴야 한다.

거죽만 멋지면 무엇해

유행가 노랫소리도 운세 따라 알려
주는 것 같고 명산에 들어가면 명기가
끊어져 무미하고 미비하다는 것을 느낀다.

그래도 불도 하는 사람 보면
뜨거운 태양에도 문을 걸어 잠그고
고요한 무언으로 묵상하고 있는
정신 공부하는 것을 보라

올바른 정신으로 자연을 공부해야
조물주 하느님을 볼 수 있는 눈이
된다는 것일 것이다. 정신과 마음을
감동시킬 때 천륜의 일치가 안 되겠는가?

겉으로만 보고 사는 세상인데 거죽에만
멋지면 무엇할까?

하늘에 학문은 근원 근도 원 파의 완벽한
요술과 순리의 법칙과 일심이 되어서
원문 본문 본도 본질 주독 주역 육갑 술
숫자 1234로 펴나가는 것이 하늘의
순리의 진리일 것이다.

하늘의 관문

하늘은 학문을 달통한 자가 되어
관문을 통하고 관직을 통하니
일심 일치기 때문에 조물주님을
중심 삼고 모든 정치가 일심으로
펴져 나간다.

공의로써 공적의 일을 일심 일치로
함으로써 흉허물이 없고 법도를
지켜서 깨끗한 청결한 찬란한 빛나는
광명같이 일심 일치로 산다.

그러나 이 세상은 관문도 제대로
안 되고 감투만 싸우다가 자기들 할
관직에 들어가서 공적의 일을
제대로 하는가?

고관들의 비리와 그들의 장난이 심하여
흔들바위처럼 흔들리고 백성들의 삶은
항상 들볶이는 현상을 면하기 어렵다.

결백은 온전함을 인도한다.

이 땅에 조물주가 피조 만물이든지
사물을 만족 흡족하게 이루어 주셨지만
판단과 분별치도 못 하고 단조롭고
직선적으로 분별없이 주관 없이 함은

결백치 못 한마음이 마음속에서 싹터
일어나 결백하여야 하고 결백함으로써

진실이 있고 순리가 있고 순리에 따라
실수가 없이 몸가짐을 옳게 하고
정표를 귀하게 지킬 수 있으리라.

생명의 줄을 조물주께서 불어 넣어 주시는
응시 속에 괴롬 속에서 살지만, 즐거움
속에서 살 수 있는 현명한 자가 되자.

현명한 자는 결백의 온전함을 인도하고
참이 있고 실감이 나고 가치가 완벽하기
때문에 가치관을 이룰 수가 있으리라.

올바른 정신이 앞서간다.

살아 생동하는 피조 만물에는
힘이 실려 있고 생명이 같이하고
정신과 마음가짐이 올바로 되어간다.

그렇지 않은 자는 말만 하고 행하지
않기 때문에 자기를 잊어버린
자아에다가 바보짓하고 더
미개한 짓을 한다. 그러한 사람은
존재의 가치가 없을 것이다.

우리 인간은 머리에 지능이 있고
하늘을 상징해서 지구처럼 둥근 것을
가지고 있다. 그러므로 올바른 정신과
마음을 가지고 있을 때

지저분한 잡음이 들지 못 하여 결백과
진실과 순리가 질서 정연하게 조리 단정
함으로써 내 정신이 앞서간다.

정신에 잡음 넣지 말자.

우리 인간은 정신과 마음은 형상은 없지만,
눈에 보이지 않지만 늘 앞서간다.
정신을 어둡게 잡음을 불러일으키면
어두운 정신이 마음속으로 스며들고

그 마음이 쑥 받아들여 괴로움이 일어난다.
병든 사람은 내가 죽을병 걸렸다고 마음으로
자포자기하면 뇌신경에서 마비가 온다.
그러면 세상이 귀찮아 용기를 잃어버리는 것이다.

천연자원의 만족과 흡족을 감사하고 심산궁곡에
가면 맑고 깨끗한 옥수와 청수를 마음껏 먹어도
줄지 않는다. 물이 없다면 살 수 없다.

넓은 천지에 좌청룡 우백호가 응시 되어 있는
면적에서 마음 놓고 살지 않는가?
그런데 인간과 인간이 등을 지고 성을 쌓고
정치가 늘 강자와 약자를 구속함으로써
마음 놓고 살지 못하는 세상인 것 같다.

구속에 매이지 않는다.

도를 하는 자는 구속에 매이지 않는다.
왜? 모든 것을 알고 가기 때문이다.
편안한 안식이 마음속에 있고 내용의
증거가 중심 속에 잡혀 있어 광명함이
나타났기 때문일 것이다.

만족하기 때문에 구속에 매일 필요 없고
스스로 처단 처리 조성 자유자재하고
학문에 몰두해 모두 학문이기 때문이다.

흙도 흙토 자니 학문이요
물은 물수 자
불은 불화 자
완벽한 명예를 지니고 있어
계곡에 찬란하게 이루어진 명성을 떨친
찬란한 정경이 아름다운 광경을 이루었다.

모든 것을 추구하니 발견되고 탐구하니
몰두하고 검토하고 관찰하니 아주
신기하게 물리가 터진다.

새 말씀을 듣는 귀가 되라.

도를 하는 자는 물리가 터지고 실감을 느껴
그런 재미에 사는 것이다. 산에서 도를 할 때
진심을 다하여도, 한 번 성질에 몇 해 쌓은
공이 싹 없어진다.

한 번 성질에 없어진다는 건 아니지만
좁고 짧은 직선적으로 말라는 비유와
상징의 말씀일 것이다.

조물주 하느님의 새 말씀도 들을 수 있는
귀가 되어야 하고 행할 수 있는 자가 되어야 하고
마음은 검으면서 하느님 감사합니다.
말로만 하면 되는 줄 알지만 천만의 말씀이다.

누굴 막론하고 마음속에서 작용하고
정신이 작용하고 마음이 활동하게 되기
때문에 육신이 자유 활동하게 되니
주관이 완벽해야만 권위를 세울 수 있는
인간의 자세가 필요할 것이다.

공의 사랑

조물주 하느님은 공의 공적의 공급의
사랑이시다 하심은, 근원 근도 원 파 그
조화체를 이루셔서 갖가지 힘에서 나타난

모든 생동체와 생물체와 생체와 생명체를
전부 조화를 이루심이 진실이요, 완벽이요
절대기 때문에 절도 있고 완벽한 순리기 때문에

학문에 제도로 이루어 놓은 힘을 지니고
살아 계시고 활동함이 완벽한 일심 일치로
공의로써 확대 진문을 펴나가기 때문에
이것이 바로 공의 사랑이다.

조물주 하느님의 아들딸님이 항상 부모님을
대신해 인간들에게 공의 사랑을 베풀어 주시는데
그 분에게 타락 죄를 졌다고 하면 되겠는가를
생각해 보아야 할 것이다.

인간은 정기 속에서 산다.

인간은 정기 속에서 살고 있다.
정기의 맥박이 뜀으로써 정기가
통해서 활동한즉 전류와 전력의
좌청룡 우백호의 정기 속에 면적을
안고 지명까지 명예가 붙어 있다.

그러니 증발되어 수정기가 올라가 터지고
기후와 기체가 상대 조성하니 상통하고
상통하니 자유자재가 무한정하더라.
이것이 변하지 않고 있다는 것이다.

중력의 힘이든지 이것이 바로 조물주 하느님
공의에 사랑이다 그것이 없으면 못 산다.
살아 있는 힘이 존재하고 공의에 일심 일치로써
공급해 내시는 힘의 자유가 천문지리 진전에
전진 자유 하신다.

조물주 하느님 아들딸 참 부모님은 이 땅에
생하는 모든 것을 성장하게 공의로 공급하시는데
이렇게 성령으로써 밤이슬과 같은 모든 액체든지
영양을 내려주신다.

조물주님을 괴롭히지 말자

조물주 하느님의 천 살의 결백으로 아주
맑고 밝고 깨끗하고 핵심 중에 중심이요
참 진리의 원천의 근본자이시다.

이러한 분이 진실이 없는 곳에는 강림도
할 수 없고 귀한 새 말씀을 주시지도 않고
받지도 못 한다.

마음이 분산되고 정신이 갈래갈래 찢어져서
암흑인데 좁고 좁은 데서 찢고 째고 그러는데
하느님의 거창하고 완벽한 말씀을 주시겠나.

하느님 말씀 받는 자는 눈치도 빨라야 하고
귀함을 간직할 줄 알아야 하고
모심의 생활도 간절해야 하고
하느님을 안 괴롭히려고 노력하고
진실의 효도의 마음이 통해야 할 것이다.

하느님 아들딸님이 생명줄 주신다.

조물주 하느님은 당신 아들딸님이 타락 죄인
이라고 수 억 년 인간들이 모독하였어도
미개한 인간들에게 생명선을 주시며 참아
견디어 오셨다.

사실은 이 땅에 영양소든지 모든 일을 당신
아들딸이 이 땅을 조절 조정하시며 주관하시며
은혜를 베풀어 주시는데 보답은 못할망정 큰
아들딸(참 부모님)께 죄의 모독을 한다니 기가
막힌 일이 아닌가?

하느님 아들딸님도 당신 부모님께 효도하기
위해서 미리 알아서 아드님은 만유일력으로
빛으로 만물을 소생시켜 고체에 진미를 주시며
따님은 만유월력으로 달과 물을 주관하여 땅에
영양소를 공급해 주시는 은혜로운 자이시다.

이런 참 부모님을 타락 죄로 모독을 해도
사랑으로 상관치 않음을 귀하게 생각하여 보자.

지금 때는 운세로 하신다.

지금 이 세상 인간은 정신과 마음은
어두 어서 변화가 일어나는 것을 모른다.
지금은 때가 왔으니 하느님과 아들 따님이
모든 일을 운세로 하신다.

말로만 하느님 믿는다고 하고 생각도
안 하며 매일 돈타령이나 하면 돈이
생명이나 되는가 모든 것이 순리로
운세도 따라와야 한다.

돈을 벌어도 가치 있게 썼을 때 빛나는
것이지 가치 없게 썼을 때는 망동밖에
없으리라.

항상 신선한 생각과 쾌락한 믿음과 밝음과
스릴과 슬기를 잊지 말고 멋지게 살아야
순리로 될 것이다.

하느님의 새 말씀은 좋은 건물과 겉으로
거창한 사람에게서 나오는 것이 아니기
때문에 지혜로운 자는 깨우쳐 알리라.

인간에게 생명이 있는 것 같지만

우리의 생명은 간들간들하다.
인간들에게 생명이 있는 것 같지만
그 생명은 바로 조물주 하느님에게 있다.

인간에게 있는 것 같지만 생명줄 공기 바람
산소 조물주님이 생명선을 걷어 가면 인간
생명은 없다는 것이다.

찌른 자도 모두 볼 것이요, 운세 따라
소 환난 이때는 알곡을 창고에
거두어들이는 때가온 것 같다.

대 환난 때는 무장을 해서 진짜 새 말씀이
선포될 때는 알곡으로 창고에 못 들어
갔으니 쭉정이가 되어 운세의 바람 따라
살아질 것만 같다.

때가 오면 통곡을 하면 무엇해 가슴을 치고
발을 동동 굴러도 소용없는 날이 온다면
어찌할까?

운세 따라 조물주 마음이다.

조물주 하느님의 결백의 진실 따라 인간은
참된 정신과 마음으로 심술부리지 말라.
심술은 죄 중에 일등 가는 최고 나쁜 것 같다.

시기 질투해야 자기 손해다. 회개하고
뉘우쳐 알곡이 되기를 바랄 뿐이다.

하느님께서 수 억 년 인간들이 너무 못되어
슬픔에 잠겨 있었고 옥황 용녀 인간 시조가
땅에 내려와 역사는 아주 미련하고 좋지 못한
역사를 일으켰는데

그 본능을 닮아서 인간은 속사람이 있다.
우리 정신과 마음속에 정신과 마음은
속사람이요 육신이 행함은 거죽의 사람이요

속사람의 옳지 못함을 육신에 전달해
옳지 못한 행위를 나타날 때마다 하느님은
통탄하시고 너무 기가 막힐 것이다.

새 역사 속에 산자는 없다.

역사 이래 많은 선지자들이 새 역사를
발견하여 새 역사 속에 새롭게 산자는
없다는 사실이다.

괴로움 속에서도 산 역사가 있지만
그것을 발견치 못한 것이 인간이라
노아 때나 지금 이때나 똑같은 느낌이다.
노아 때도 완전히 심판하려고 했지만

또 참고 부분적으로 심판하고 말았는데
지상 인간들은 노아 때 홍수 심판은
크게 생각하는 것 같다.
이 땅에 소리 없이 새 말씀이 선포되어도
암흑 속에 살기 때문에 아무것도 모르고

귀신에 뒤집어써서 귀신이 하느님 행세하고
하느님 아들딸 죄인이라고 모독만 하니
참 속상하고 슬프시다는 것을 느낄 수 있는데
무지하기 때문에 갈아 버릴 수도 없는 기막힌
일인 것 같다.

언젠가 이 땅을 청소할 날이 오는 것은
운세 따라 감지가 될 것이다.

누구도 막을 수 없다.

조물주 당신이 만든 이 땅은 당신
마음이기 때문에 누구도 막을 수 없다.
아무리 재주 좋은 사람도 하느님 하시는 일
인간은 못 막는다는 것을 잘 알고 있다.

어디서 새 말씀이 들리는지 지혜가 있어야
하고 분별할 줄 알고 진심으로 항상 결백한
정신과 마음으로 갈고닦아야 할 것 같다.

말로만 닦지 말고 진짜 속사람이 행하야 되고
행하면 육신이 움직여 실행한다는 이치요

이 세상이 얼마 가지 않아 하늘에서
역사할 날이 머지 않은 듯 생각되며
등불을 준비치 못하는 자가 있다는 말이
있는데 이제 등불을 준비해야 하는
운세가 올 것만 같다.

마음 문을 열자

마음 문을 열자. 마음이 항상 암흑같이
어지럽고 괴로움 좋지 못한 잡음을 불러
일으키니 마음 문을 열면 논리적으로
펴 나간다.

정신은 정신에서 오는 무한함을 마음에서
받아서 행해야 된다. 이 세상은 유명한 자
많지만 잠자고 코 골고 알지도 못 한다.

각자 내 몸이 귀하다는 것을 앎으로써
기도하며 마음 문을 열 수 있는 자가 되고
학문을 보고 마음을 잘 써야 하고 정신을
가다듬는 항상 겸손한 기도의 자세가
필요한 것 같다.

지금 운세는 정신과 마음을 갈고닦기도
바쁜데 좁고 짧은 생각을 마음속으로
불러일으키면 죄악을 불러온다는 것을
되새겨 들어 볼이다.

조물주 하느님 강림하시다.

조물주님 아들 따님 네 분을 사 불님이라
칭하는데 그 귀하신 분이 새 말씀을
주시려고 천도 문님에게 강림하셔
이 땅에 학문으로 세상에 발표하셨다.

말씀을 남겨놓고 가신 것을 짧은 시의
형식으로 압축해 표현하여 세상에
학문으로 편찬함은 그분의 제자로서의
책임이 막중함을 느낀다.

왜? 강림을 하였겠는가? 강림하심은
분명히 뜻이 있고 이 세상이 언제까지
죄악으로만 뭉쳐 산다면 통탄할 일이다.

천륜에 대한 새 말씀을 오해하는 자는
안 좋을 것이요, 진짜는 호화로운 곳에서
영광의 반짝임으로 소란하지 않는다는
평범한 진리를 깨달아야 할 것 같다.

구름 타고 나팔 불고 요란하게 오신다면
누가 모르겠는가? 생각해 보라.

진짜 지진은 두부모 베듯한다.

인간들은 마음은 나쁘고 정신은 어둡고
육신의 행함은 옳지 못하기 때문에 강림이라는
말을 들어도 확신할 수가 없다.

운세를 보라 외국에서 지진이 난다고 하는데
지진이 아니고 사실은 하늘에서 진둥을 치면
울려 퍼져 흔들리니 집이 무너지는 것이다.

하느님 그분들이 진짜 진둥 술을 펴면 불이
일어나서 울려 흔들어 놓으니 무너져 사람이
죽는 것이다.

하느님의 진짜 지진은 두부모 베듯이 짝 쪼개져
벌려놔 거기 불물이 일어나 흔적도 없이 균이
싹 없어져 버리는데 이것을 진짜 지진이라고
하는 것이다.

한국은 누가 못 빼앗아 간다.

고귀하신 천륜의 근원의 원천이신
조물주 하느님과 아들 따님이 강림한
한국은 가장 작지만 어느 나라도
못 빼앗아 간다.

이미 조물주님이 강림을 하셨기 때문에
그분의 마음이지 인간들 마음이 아니다.

마음 문을 활짝 열어 불처럼 밝게 비치라
정신이 밝고 마음이 맑고 깨끗하게 앞으로
운세 따라 이제는 조물주님이

심판의 날이 오면 살릴 것 살리고 없앨 것은
없애고 죽은 역사는 끝을 맺을 것이요 새로운
산역사가 시작될 것 같은 기운이 감도는 느낌이다.

지구에 죄인들이 차지하는 바람에 처음과 달리
보석이 다 돌로 변하였는데 다시 밝은 광명의
옛 동산으로 돌아가면 조물주의 맺힌 한이
풀릴 것이다.

아들 따님은 하느님의 원동력

조물주의 아들 따님은 조물주의 원동력이요
아들딸이 죄를 지은 것이 아니요
인간 시조가 죄를 지은 것인데
그들이 천사 장인데 죄인들이다.

하느님 아들딸은 그분의 모든 요소와
조화를 지닌 조화체인데 뭐가 답답해
죄를 짓겠느냐? 반드시 인간 시조가
옥황 용녀가 죄인이다.

아들딸은 하느님 원동력이요
일심 일치가 되어있기 때문에
죄를 지을 수도 없거니와
상관하지도 않는다.

얼마나 무지하고, 미개하면 마이크 대고
용감히 설교하며 자기 생명선을 공급해
주시는 하느님 아들딸을 죄인이라고
외치는지 두렵지도 않은가 봐?

성령은 매일 내린다.

하늘나라는 때가 오면 시간 맞춰
진미선이 와서 코로 운감으로
영양을 섭취하니 먹을 필요
없는 세상이다.

이 지구는 종이 내려와 고릴라와
결합으로 타락으로 먹어야 사는
참극이 일어난 것이다.
강자가 약자를 동물들도 잡아먹는다.

타락한 죄인들이 사는 지구에도
성령은 날마다 내려 주신다.
비도 성령이요, 안개도 성령이요

영양소도 성령이요, 태양도 성령이요
아침이슬도 성령이요 진짜 약이다.
아침이슬은 잡초나 생물들이 받아

윤기가 반짝반짝 윤택하게 얼굴에다가
인간처럼 바르지 않아도 내려주시는 것이
모두 성령이다.

하느님 위치 지켜드리자.

오늘날까지 하느님 위치를 알아
드린 자가 한 사람도 없었다.
하느님 위치를 지켜드릴 책임이
인간에게 부여되어 있다.

부처를 믿는 자도 부처님 위치를
지킬 책임이 도사들이 아닌가?

하느님이 어떤 분인가

조물주 물주의 주인이다.
피조 만물의 주인이다.
천하 만상에 주인이다.

성령이 생명선이다.
공기의 압력으로 산소가
공급되어 살고 있지 않는가?

진짜를 알려 주어도 무감각

인간들은 인간 시조 옥황 용녀 그들이
죄를 짓고 하느님 아들 따님이 죄를
졌다고 덮어 씌운 참 고약한 인간
시조의 옥황이의 후손들이다.

그의 비양심 시기 질투 탐내고
욕심내는 못된 요소가 작용하여
밥만 먹고 온전한 행위를 하지
못 하니 죽은 자와 같다는 뜻이다.

하늘에 3차원 공간이 있고 지구에
1차원 공간이 모두 4차원 공간이
있다 하면 거짓말일지라도 좋은데
진짜로 있는 것을

하느님의 새 말씀으로 알려주어도
안 믿고, 얼마나 인간은 미개 한가
하늘 3차원 공간은 하느님의 혈통의
현인들이 번창 되어 사신다.

살아 있어도 죽은 몸

조물주 하느님을 믿어도
그분이 무엇을 하는지 알고 믿자.
항상 의지하며 참된 정신과
마음으로 가다듬어야 한다.

우리 인간은 못된 시조를 닮아서
살아있어도 죽은 몸이야, 정신이
밝지 못하고 마음이 깨끗하지
못 하니 어리석고 미숙하고
미완성이 완성이 될 수가 있다.

하늘에는 하느님 혈통이 귀한
관도와 천지락 3차원 공간은
현명한 현인들이 매사에
밝고 맑고 깨끗하게 신선하고

온유 겸손하고 참되고 아름다우며
귀한 분들은 무불통치 하시고
행하고 정하고 통함이 상대
조성하니 존재인이다.

운명철학을 지니고 태어났다.

인간은 일과 월과 해를 타고
천문지리 진전에 운세를 타고
오향 정기를 갖고 운명철학을
지니고 태어났다.

빈손으로 온 것이 아니요
우리 몸에 세부 조직망과
체내의 기계가 이 시간도
피가 돌고 하지만

사람의 노릇을 못하는 것은
부부지간에도 속이고
부모 사이도 속이고
남과 남이 속이고
항상 속이다가

마음을 속이니 자기 허물을
감추려고 하는 것이 인간이다.

현명하게 산다면 감출 것도
음모할 것도 없을 것 아닌가?

나는 나를 너무 모른다.

인간은 내가 나를 너무 모른다.
내가 나를 알았을 때 참으로
거짓말을 할 수 없을 것이다.

왜? 대명천지 밝은 날에
태양이 우리를 공의로 지켜준다.
태양선을 보아서 밝고 맑은 태양이
몰래 하는 일을 왜 모르겠는가?

참, 옥황 용녀 인간 시조는 너무나
큰 죄를 졌다. 타락은 저의들 둘이
저질러 놓고 그들의 죄를

하느님 아들딸이 뱀이 꼬여 어쩌고
저쩌고 하면서 선악과를 따먹고
죄를 졌다고 했으니 참 용서치 못할
대역죄인 들이다.

말도 안 되는 말을 듣는 자는
더욱더 한심한 일 아닌가?

처음이자 마지막 새 말씀 내리다.

이 땅에 처음이자 마지막으로
하느님 생애의 천주의 새 말씀을
1980년을 중심으로 천도 문님의
입을 통하여 선포되었다.

새 말씀의 핵심은
첫째 4차원 공간을 이루셨다는 것이고
하늘에 3차원은 하느님 후손들이 살고
지구에 1차원은
인간이 종의 신분이 차지하고 살고

하느님 아들딸 8남매를 쌍태로
탄생하셨다. 하늘나라는 남녀 쌍태로
탄생되어 성장하면 부부로 축복성에서
축복 행사를 하신다.

이 지구의 주인은 하느님 셋째 아들 따님
여호화 하늘 새님과 천도 화님이 주인이다.

주인 앞으로 돌려주는 운세가 언젠가
시간과 분과 초가 정해지리라.

하느님 아들딸 8남매 호칭

우리 인간의 촌수로 이렇게 부른다.

하느님 남자 : 조부님
　　　여자 : 조모님

　　큰아들 : 참 아버님
　　　딸 : 참 어머님

　　둘째 아들 : 천도성 아버님
　　　딸 : 천왕성 어머님

　　셋째 아들 : 여호화 하늘 새 아버님
　　　딸 : 천도화 어머님

　　넷째 아들 : 천왕화 아버님
　　　딸 : 천문화 어머님 이시다.

하느님 아들딸 부부마다 천사들
남매 부부가 모시고 받든다.

그중 옥황 용녀가 천사 장 부부인데 종이
지구를 탐내 슬픈 역사를 만든 죄인이다.

조물주는 운세로 하신다.

살아 있는 역사를 믿는 것은
운세 맞추어 우리는 운세를
모르지만 하느님께서 운세를
맞추어서 당신 운세로 해 나가신다.

이런 분을 믿어야지 죽어서
없는 분을 믿으면 되나, 죽은 역사는
상징적으로 이순신처럼 생애는
있지만 사람이 없다.

성현도 그의 생애만 남아 있고
석가님도 열반을 하셔서 정액이
굳어 사리로 변했는데 생명은
없고 그분의 귀한

생애는 남아 정신과 마음을 닦는
본받을만한 성현의 업적이
남아 있을 뿐이다.

조물주는 근원 근도 원 파다

사람도 자기가 태어난 파가 있듯이
조물주 하느님도 근원 근도 원 파에서
조화체로 생불 체 빛 공 입체 공간에서
당신 스스로 탄생하셨다.

하느님 두 분이 무한한 음양의 조화에
무한정한 사랑으로 그분의 요소와
유전자를 닮아 쌍태로 탄생하셨는데
아들딸이요 그분을 죄를 졌다고 하면
말이 되는가?

아들딸 탄생 후 그분들을 모실 수 있는
천사 장 남매를 투명 입체 공안에
점지하여 탄생한 것이 종의 신분
옥황 용녀였다.

지구가 참 아름다운 지라 주인이 오기 전
이 땅에 내려 옥황 이와 고릴라와 결합하여
사람도 아니요, 동물도 아닌 사람이 탄생
되어 그 후손들이 인간의 모습이다.

즐거움 속에 아름다움이 있다.

죄악의 세상에서 사는 인간은
정신과 마음이 항상 깜깜하여
정신의 준비와 마음의 준비를
가다듬어야 한다.

거룩하고 귀하고 현명한 현인이 되자
밝게 삶으로써 모든 것을 아름답게
지낼 수 있는 자가 되자.

오페라를 부르는 자들이 무엇을
달라고 해도 노래로써 하고, 주는 것도
노래로써 주고, 그것은 그만큼 마음이
즐겁다는 것이다.

참된 정신과 마음을 가지고 살아야
귀한 것을 귀하게 간직하여야만
전지전능한 일도 알고 아름다움도
생각하지 그렇지 않은 마음속에는
아름다움이 없다. 즐거움 속에
아름다움이 있고 기쁨 속에
아름다움이 있다.

내 식구 내가 거두다.

조물주의 새 말씀을 듣고 감각이
안 들어오면 천륜과는 먼 거리이다.
살 수 있는 가능성과는 너무 멀다.
때가 오면 하늘 운세를 아는 때가
올 것이다.

하늘은 인간이 죄인이지만 살펴주신다.
모세 님 때, 맛나 라는 게 뭐냐 하면
하늘에는 먹는 흙이 있다. 시루떡보다
더 생기하고 존득존득하고 달콤하고

염분 당분이 다 들어있어, 아주 약이든
것을 내려보냈다. 그러니까 확신을 한
자는 얻어먹었을 것이요, 확신 안 한자는
얻어먹지 못 하지

내 식구를 내가 거두지 누가 거두겠느냐?
하느님과 천륜이 통하여 가까운 식구가 되어
새 말씀을 찾는 자는 조물주님이 내 식구이니
거둘 것이요, 멀리하는 자는 자기 책임이지
조물주의 책임이 아닐 것이다.

214

조물주 학문을 저절로 느껴라.

조물주 하느님을 감동할 수 있는
마음가짐이 준비되어 정신과 마음이 사상이
박히면 하느님 학문은 저절로 터진다.

학문을 통해서 하느님 알려고 하면
이기적 마음이 아닌가?
하느님 학문이 고도 고차원 원천이요
근원 근도 원 파가 발견되었는데

정신만 맑게 하고 마음만 잘 먹으면
조물주와의 자연의 천륜의 천정으로
연결되어 어디 가든지 서든지 상관을
해 주신다.

못 갈 때 가려면 골 아프게 하고
그러면 안 가면 되고, 굳세게 간다고
해서 이득도 없는데 그러니 골 아프게
침을 놓으니까 가지 마라는구나
하는 것을 느끼고 안 가면 되는 것이다.

보지 못하는 눈

이 세상 인간들은 천문이 열려 살아
있는데도 정신과 마음이 온전치
못하니 조물주님을 못 본다.

보지 못하는 눈을 가지고 또 볼 수가 없다.
정신 문을 열지 않고 마음 문을 열지
않았기 때문이다. 정신과 마음이 활짝
열리면 조물주님이 살아 계신데 왜 못 보겠나.

인간은 살아 있어도 죽은 자와 같다.
앞으로의 미래를 다 알아야 하는데
너무 모르기 때문이다.

이 세상도 정신을 닦으면 조금 행함이
다르다. 인간이 죄 짐을 잔뜩 지고
일어서지 못할 정도인 것이다.

정신의 죄와 마음의 죄와 육신의 죄와
삼위 일치가 성화되지 못했기 때문에
그 자는 죽은 자다. 미개하니 무지하고
무지하니 몽매하잖아 살아 있어도
죽은 자와 같다는 말씀이다.

자비와 사랑

이 땅에 왔다간 유명한 성현들도 죽어 갔고
죽은 자의 생애의 기록만 남아 있을 뿐이다.
그래도 이 세상에서 최고 귀한 자는 하느님
생불 체 유전자를 따다가

마리아 몸에 점지하여 예수가 탄생을 했으니
독생자라 깊은 사랑의 자비가 거기 딱 있다.

석가님은 참회 6년을 하고 깨달음을 알고
12년 참선을 하고 보니 육신은 뼈만 남아
거죽만 씌어져 있어 하도 정성이 갸륵해서

하늘에서 내린 진미를 먹고서 그만치도 살았지
아주 안 먹으면 살 수 있겠는가?

그래도 도를 하면서 하늘을 원망하지 않고
설법을 받아서 자비를 베풀고 떠났다.

예수나 석가 같은 귀한 분도 두 번 다시
태어나지는 힘들 것 같다.

하느님의 의인은 천도 문님

이 땅에 왔다가 선지자 성현들이 하느님
아들 따님이 타락 죄가 없다는 것을 천륜을
순리로 찾아드리는 것이 그들의 할 일인데

그분들이 하느님 아들따님 죄 없는 결백을
밝혀야 할 사명이 있었지만 생각지도 못하고
인간들에게 자비와 사랑만 베풀다 떠났다.

그런데 기적이 일어났다. 하느님 아들 따님이
죄를 지을 리가 없다는 것을 천도 문님이
생각하고 그 죄인을 발견해서 득죄인 옥황 이와
생 녹별 옥황상제를 무릎 꿇리고 그 죄를
자백을 받아 내었다.

하느님의 한이 풀렸으니 천도 문님 가정에
강림하서 하느님 생애 역사와 인간의 죽은
역사 옥황 이와 고릴라의 결합으로 타락과

종의 신분이 지구를 탐내어 내려온 사실을
알게 되었으니 하느님의 기적이요 신기록
이라고 천도 문님을 가장 귀하게 아끼시었다.

의인이 왔어도 모르더라.

이 땅에 의인이 나타났어도 모르더라.
하느님은 생불이라고도 하신다. 생불이란
영원히 죽지 않는 것이기 때문이다.

죽음을 내놓고 천도 문님은 하느님 강림을
맞이하고 새 말씀을 받고 모심의 생활을 하고

하느님 아들 따님에게 죄를 덮어씌운 옥황 이와
그 아들 생 녹별 옥황상제를 완전히 굴복 시켰다.

어느 성현들이 하느님의 맺힌 한을 풀어드렸는가
하느님은 당신 아들딸 타락 죄를 인간들이
말하는 것을 제일 싫어하신다.

죄를 덮어씌운 그 후손 중에 천도 문님이 풀어
드렸으니 맺힌 한이 풀려서 새 말씀을 주신 것이다.

인간의 본향은 천지락

우리 인간은 죄를 짓기 전 본향은
하느님과 아들딸이 계신 곳에서
천사 장으로 모심의 생활을 하며
살아야 했던 곳이 천지락 고향이다.

인간 시조가 사불님 (하느님과 아들따님)을
모실 수 있는 권위와 권세와 권력을 가졌지만

자기 아들과 주고받으며 이 지구를 탐내고
욕심내고 시기하고 질투하고 자기가 주인으로
왕 노릇하려고 한 것이 원죄요

지상에 내려 멋대로 동물과 결합하여 타락을
했으니 인간은 동물의 피를 이어받아 몸에
흐르는 피가 적색과 청색이 흐르고 도는 것이다.

하늘 사람들의 피는 전류와 전력이 흐르고 돌아
반짝반짝 빛이 난다.

원인을 알면 결과를 안다.

피조 만물이 전부 하느님이 내 놓은
창조물이기 때문에 하늘에서 냈기 때문에
하늘 천 따지 자가 있다.

화학에서 물리학이 나오고 물리학에서
생물이 나왔다. 과학도 액도 냑도
동내 독도 동냑도가 과학의 근원이다.

근원의 앎은 원인을 알고, 원인을 알면
결과를 안다. 공기에서 바람이 나오고
바람에서 불이 나오고, 불에서 물이 나왔다.

천지간 만물지중이 내 것이지 인간 것이
아니니라. 너희에게 생명이 있는 것
같지만, 생명선을 거두면 아무것도 없으니
생명이 내 것이지 너의 것이 아니다.

조물주님 마음대로 하신다.

천지를 뒤집어 놓고 이 공간을 없앨 수도
있는 힘을 가지고 조물주 내 마음대로 하지
인간은 힘을 가지고 마음대로 할 수 없다는
것을 잘 알고 있으란 말이다.

땅에 모든 기능이 흐르고 돎이 조물주
내가 창조해 냈기 때문에 있다는 것을 잘
알고 있으렸다. 내가 지층을 쌓아 올리지
안 했으면 인간들이 어디를 다닐 수 있나.

은하계나 태양이나 태양선이나 음과 양도
내가 낸 것이요, 생물과 생명체로 생체가
조리 단정하여 체계 조리로 이루어진
무한도가 조물주 내가 이루어 놓은 근원이다.

인간의 학문은 명예가 학문인 줄 알지만
하늘에 학문은 도술 진 문 술이 학문이다.

근원의 원도에서 학문이 나왔다.

하늘의 학문은 근원의 원도에서 근원의
원문이 나오고, 근원의 원문에서 근원의
본도가 나오고, 근원의 본도에서 근원의
본문이 나오고 이렇게 근원의

조화체에서 무한정하게 나와 원리
논리로 펴 나가고 이 세상에서 배운
기준을 하는 학문에 겸비하면 틀린
것이고 학문을 통해서 갈 것이 아니라

정신 문을 열고 마음 문을 열었을 때
마음 문이 받아 마음 문을 열어놓으면
육신에 전달되면 육신의 행함이 반듯하다.

정신과 마음을 온전하게 참된 믿음을
가졌을 때 권능을 가질 수 있고 권능은
힘을 마음대로 할 수 있는 힘이 온다는
것을 알아야 할 것이다.

사차원 공간

김영길 제2시집

초판 1쇄 : 2016년 4월 11일
지 은 이 : 김영길
펴 낸 이 : 김락호
디자인 편집 : 이은희
기 획 : 시사랑음악사랑
인 쇄 : 청룡
연 락 처 : 1899-1341
홈페이지 주소 : www.poemmusic.net
E-Mail : poemarts@hanmail.net

정가 : 12,000원

ISBN : 979-11-86373-32-3